Gaea

Gaea

吸血鬼獵人日誌 III

殺人鬼繪卷

喬靖夫 著

吸血鬼獵人日誌 3

殺人鬼繪卷

目錄

1888年

倫敦

根據斯拉夫地區的吉普賽人傳説，男性吸血鬼——當地語稱吸血鬼為「穆洛」（Mullo）——擁有強烈的性慾，能令人類女性（東正教或穆斯林教士的家人除外）懷孕，所誕下的嬰孩稱為「達姆拜爾」（Dhampir）。多數的「達姆拜爾」出生時全身無骨，身體如水母般柔軟，故此夭折率極高。

僥倖生存及成長的「達姆拜爾」繼承了父親的超凡力量，並天生具有感應吸血鬼所在的異能，是世上最強的吸血鬼獵人。「達姆拜爾」曾活躍於塞爾維亞及南斯拉夫其他地區，獵殺吸血鬼以賺取可觀的酬金。

「達姆拜爾」進行的驅魔儀軌極其怪異：吹奏尖銳刺耳的哨曲、裸身四處奔跑、與無形的敵人激烈搏鬥（吉普賽人相信吸血鬼擁有隱身能力）。他們又使用各種意想不到的輔助器物：以襯衣袖充當望遠鏡，偵察吸血鬼所在；把墓碑碎片杵成粉末並撒在靴裡，令吸血鬼無法聽見其足音……依照記載，最後一次公開的「達姆拜爾」驅魔儀式於一九五六年在南斯拉夫科索沃省舉行。

殺人鬼登場

八月三十一日　凌晨三時二十分　東端區

瑪莉．安．妮歌爾絲（Mary Anne Nichols）打了一個寒顫。她拉緊淺棕色的外套，盡量靠在白教堂路的左旁步行，躲避那整夜沒有停止過的大雨。

在瑪莉的記憶中，這是倫敦最寒冷、最潮濕的一個夏季。在這種天氣下，碼頭那邊卻接連發生了兩次火災。早前天空還被火光映得暗紅，現在又恢復一片漆黑，再也分不出頭頂上究竟是積雲還是火場製造的煙霧。

瑪莉的眼珠佈滿紅絲——是因爲疲倦，也因爲酒醉。今夜她已幹了三次，現在原本可以好好在旅館安睡。可是三次賣春的錢都已變成肚子裡的酒精。

瑪莉踢著鋪石路上的一塊凸起，幾乎仆倒，幸好及時扶著牆壁。她仰頭凝視一盞煤氣街燈。

她記得小時候很喜歡看街道煤氣燈點亮的情景。因爲聽太多鬼故事的關係，那時候她很害怕黑暗，於是每天黃昏時分，她非得走到街上看點燈不可。只有看見整齊排列的燈光把街道角落照亮，小瑪莉才安心回家。

現在四十三歲的瑪莉卻專挑最夜的時分走在最暗的街道上。只有黑暗能夠掩飾她那頭已變灰的棕髮，和因爲長期營養不良而失去五顆牙齒的嘴巴。只有在黑暗中，她仍然嬌媚的嗓音才能勾起嫖客的性慾。

她不再需要燈光。燈光只爲仍然相信希望的人而存在。整個東端區的人，包括瑪莉，都已經忘記了什麼叫「希望」。

東端區並不是倫敦的一部分。東端區是另一個國家——一個只有奴隸與罪犯的國家。酗酒、偷盜、行乞就是這個國家的憲法。這個奇異的國度只不過剛好座落在全世界最先進的城市內而已。

瑪莉離開白教堂路，從狹小的橋樑越過鐵道，走到較寬闊的杜爾華街。看來她今夜的運氣耗盡了，還沒有遇上半個人影。這麼冷的雨夜，她可不想在街上睡。

經過巴克斯巷的路口時，她習慣性地朝裡面張望了一下，心裡並不抱什麼期待。

瑪莉停下腳步。她看見巴克斯巷裡頭好像有人影。巷道太暗了。兩旁的兩層小屋沒有一扇亮燈的窗戶。唯一的光源就是瑪莉所站巷口處那盞煤氣燈。

瑪莉再仔細看看。確實有一個人，戴著一頂紳士禮帽。

瑪莉脫下軟帽，整理一下濕髮，再把軟帽戴回去，又拍去外套上的水珠。其實這些都不必要。這麼黑暗的巷道裡，對方只能夠用手代替眼睛——這正是瑪莉所渴望的。

「先生……」瑪莉手掌扶著牆壁，小心地走進暗巷裡，慢慢向那男人接近。她盡量把聲音放輕，好使自己顯得年輕一點。

「……要找樂子嗎？」

瑪莉說得很直接。這個時間，這種天氣，這樣的地方，除了找流鶯，沒有其他可能。

男人並沒有回答，只把臉轉了過來，身體卻一動不動。

「先生，我只要五便士……」瑪莉走到男人跟前。平日她只收兩、三便士，甚至只要一條麵包。但是面前的男人有點不同。衣服沒有透出汗臭，舉止十分沉靜，看來不是住在區裡的人。

瑪莉已在盤算：有了五便士，可以再去喝一杯，然後才回旅館睡個好覺……

……看來我的好運還沒有用完……

男人仍然沒有回應。瑪莉不想錯過這生意。她輕輕握住男人的左手，把他拉到牆邊。瑪莉發覺男人的手掌冰冷得很。

「很冷吧……來，讓我給你一點溫暖……」她把男人的手掌放到自己臉頰上，然後雙手把裙裾拉高。冷風吹拂裸裎的下體。她極力忍耐著。

男人的手掌在瑪莉的左頰上來回撫摸。

「哈哈……怎麼樣？再摸低一點也可以……可是眞幹之前要先付錢……」

瑪莉突然有一種奇異的感覺：對方正在凝視自己。在這種黑暗中應該是不可能的……

男人的手掌沿著瑪莉的臉頰滑下，停留在她喉頸上。

瑪莉頸部的皮膚感覺到：男人的手指好像在漸漸變長。

她恐懼地放開裙裾，雙手舉起，欲抓住男人的手臂。這是她一生中最後一個有意識的動作。

□

根據《泰晤士報》的報導，瑪莉．安．妮歌爾絲的屍體多處被殘酷切割：從左耳以下約一英寸的頸側處開始直至右顎骨下，一道全長八英寸的刀口把喉頸完全割破；下腹部左、右兩邊皆有切割傷口，呈鋸齒狀，深及內臟；右腹側由肋骨底下至盤骨之間被破開；子宮被刺傷兩處……

□

瑪莉．安．妮歌爾絲被殺八天後（九月八日）的早上六時，在距離巴克斯巷不足半哩的漢巴利街二十九號發現另一具屍體，喉頸被切割至幾乎身首分離，腹部同樣被切開，小腸被掏出擺放在屍體外。法醫斷定凶器異常鋒利，刃身狹窄，約六至八英寸長。

第二死者身份確定爲安妮．查普蔓（Annie Chapman），與瑪莉．安．妮歌爾絲互不認識，唯一相似之處是同樣賣春維生。

蘇格蘭警場與倫敦市警察知道：他們面對的是一隻前所未見的怪物。

□

九月二十七日，中央新聞社收到一封日期九月二十五日、疑爲凶手親筆的信函。信末署名：**開膛手傑克**（**Jack the Ripper**）。

1999年

倫敦

N・拜諾恩之日記【I】

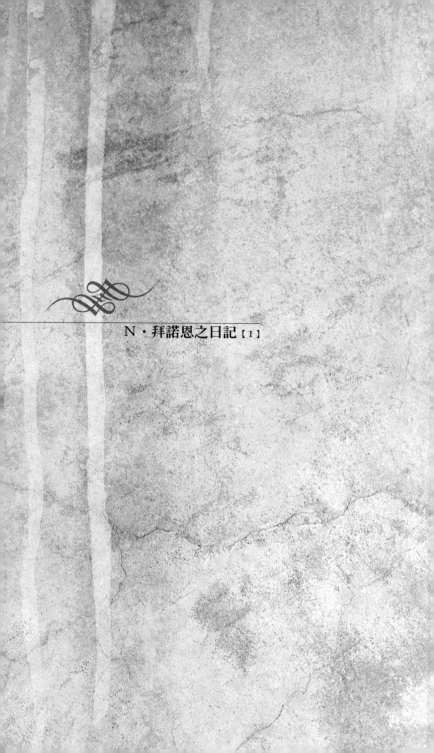

十二月十八日

……那是十分熟悉的風景。我卻無法想起它的名字，也無法確定自己過去是否曾經到過這地方。

寧靜晴朗的下午。在沒有半絲雲的明澄天空下，草坡反射著陽光。我站立在山坡高處向下眺望。粗石砌造的矮牆連結成縱橫線，把遼闊的草坡分割成一個個巨大的、不規則的長方形。矮牆只高及膝蓋，恐怕已有好幾百年的歷史，但仍然顯得堅實。我不知道人們建起這些矮牆是爲了什麼，也許是用作分隔耕種的區域吧。

草間的野花只有白色和黃色兩種。爲什麼呢？爲什麼沒有別的顏色……

我記得草坡上方應該有幾幢疏落的屋子。可是我看不見。沒有牧牛。沒有狗。也沒有人。完全的寂靜。沒有蟲鳴聲。風也柔和得不帶聲音。

我嘗試在草坡上踏幾下。皮靴踏在長草之間發出輕微的磨擦聲。

我忽然想到：也許這兒並不是我記憶中到過的那地方。也許這兒只是按照那地方製作的一座原物比例風景模型……

……我為什麼會在這裡？……

「妳記得這裡是什麼地方嗎？」我問站在身邊的慧娜。她微笑搖搖頭。

慧娜美麗極了——比我過去見過任何時候的她都要美麗。陽光穿過她薄得透明的白色紗裙，讓我看見她纖細得令人心碎的身體。

啊，慧娜。

我伸出左手觸摸她的臉頰。那是我懷想已久的美妙觸感。柔軟而溫暖的皮膚教我的指頭震顫。

她沒有說話，也沒有逃避我的手掌。可是我清楚看見，她的微笑變得僵硬了。

「慧娜，妳仍然害怕我嗎？不用怕。我永遠不會傷害妳……」

我的手掌順著她臉頰而下，拈著她尖細的下巴。我把嘴巴湊向她顏色很淺的唇瓣。她的嘴唇微微開啓。我感覺到她吐出的暖氣吹動我的髭鬚。

我的左手繼續滑下，想撫摸她的肩膊，卻在她的頸項上停住了。

為什麼手掌不聽使喚？不行……

我無法控制自己的手掌，我也無法控制我的手臂。不，我甚至無法控制自己的整個身體。

我的手指漸漸收緊，掐著慧娜的咽喉。她凝視著我。當中沒有怨恨，也沒有憐憫，只是冷冰冰的、毫無感情的凝視。

我感覺到慧娜的皮膚在我的手掌下迅速變冷。我想嚎叫，但沒法發出半點聲音。五根指頭繼續深陷進她的喉頸皮膚裡。

慧娜最後一絲生命終於從我的指縫間溜走，那優雅的唇瓣再沒有吐出氣息。我該死的左手卻仍然不肯放開她的屍體。指爪的力量繼續違背我的意志漸漸加強……

最後是一種我十分熟悉的聲音——肌肉破裂的聲音。

當醒過來時，發現胸前衣襟濕透了。起初我錯覺那是慧娜的鮮血。是我自己的眼淚。

□

「Why don't you just go to the BLOODY HELL? You BLOOD BASTARD!」

昨天在繁忙的街道上，一個流浪漢這樣咒罵。

當然他罵的並不是我，也不是街上任何一個人。他只是無意識地揮舞著七百毫升容量的啤酒罐，朝著空氣不斷重複這句子。

我的腦袋卻久久無法擺脫這句話。

Bastard。沒錯。我是個「Bloody Bastard」。

□

我把公寓的窗簾撥開一角，朝下面觀看。那個紅、黃色的「Fish & Chips」霓虹招牌一明一滅地四射霓光，把周圍一切都變得像聖誕樹。

我努力回想最後一個愉快的聖誕節是哪一年的事。我放棄了。

從沾滿雪和水珠的玻璃窗上，我看見自己的倒影。也許因爲頭髮和鬍子太長，臉龐看來實在消瘦得不像話。可是沒有辦法。根本提不起食慾。

要結束一切太簡單了，我有很多刀子，需要的只是一個理由。

已經兩年多了。期間只是一次又一次的殺戮。不錯，獵殺的對象都已經不是人類；可是把仍然具有人類外貌的吸血鬼斬首、焚燒，那依然是殺人的感覺。

至於令自己恢復爲正常人類的方法，直到今天仍是茫無頭緒。好幾次爲了生存而喝下人血後，我清楚感覺到身體裡的吸血鬼因子變得更活躍。我漸漸相信自己只是個追逐影子的傻瓜。世上也許根本沒有那種方法。「達姆拜爾」（Dhampir）註定要終身活在那黑暗的詛咒下，最後變成父親的同類。

慧娜原是我生存下去的最大理由。可是自從作過那麼可怕的夢以後……我不知道。

這幾天我一直在想：所謂瘋狂究竟是怎麼一回事？瘋狂的人知不知道自己是瘋子？……

幸好還有波波夫在我身旁。每次撫摸牠時，總是能夠帶來安慰。最重要的是牠並不害怕我。

我絕不能讓波波夫離開我身邊。因爲我知道在我墮落變成完全的吸血鬼之時，牠必定感覺得到。那麼我或許能夠及時結束自己的生命。波波夫就是我靈魂的警鐘。

□

今天報紙頭版又無可避免被「那傢伙」佔據了。已經是第十二個受害者。「他」在打什麼主意？「他」是什麼東西？

「開膛手傑克二世」，很酷的外號。

Good boys go to Heaven.
Bad boys go to London.

十二月二十三日　晚上十時　倫敦市南瓦爾克區

尼古拉斯．拜諾恩騎著怪獸似吼叫的「哈利．大衛遜」機車，在鋪滿薄薄濕雪的南瓦爾克橋上疾馳。挾著微密雪雨的寒風，吹得他的黑皮大衣像蝠翼般朝後揚起。

拜諾恩原本不是騎機車的高手——在特工處（Secret Service）時他雖然受過特技駕駛訓練，但只限於四輪轎車。然而憑著「達姆拜爾」的驚人平衡力，他輕鬆地在濕滑道路上飆至最高速。

他側首瞧向左面。透過安全帽的鏡片看去，泰晤士河上泛起稀薄的夜霧。倫敦橋與更遠的塔橋，在雪霧中有如若隱若現的兩條惡蛇。

拜諾恩覺得整個倫敦都冷得在打顫——雖然明知那只是路面顛簸與機車震動造成的錯覺。

拜諾恩已經決定了：這是最後一夜在陰鬱的倫敦狩獵。轉變環境，也許能夠令心情轉好過來……

越過橋之後，拜諾恩往左進入公園街，再轉進聖湯姆斯街，到達倫敦橋火車站外的鬧市。他緩緩把機車停在一家已關門的書店前。

拜諾恩跨下機車，脫下了安全帽。爲了保暖和方便騎車，他用一方黑頭巾把長髮包裹起來。

拜諾恩掃視一下仍亮著燈的書店櫥窗。近期的幾部精裝本暢銷小說，經店員精心排列在櫥窗內展示著。

倫敦書店規模之大、數量之多，是唯一令拜諾恩對這城市存有好感的原因。他想，自己要是在十二、三年前——還在夢想當職業作家的那個時候——到了倫敦來，一定愛死這個城市。現在的他卻根本懶得踏進書店去，文學對他來說已經失去意義。

反正已經是最後一次在倫敦狩獵，拜諾恩沒有把愛貓波波夫一起帶來。這麼寒冷的晚上太辛苦牠了。

他檢視一下帶來的兵刃。他只帶著六柄兼作飛刀用的銀匕首——兩柄在袖口裡，兩柄在大衣內的暗袋，兩柄藏在靴筒中。機車的引擎旁另外藏著一柄沒有鞘的長劍——劍刃的顏色和引擎零件很相近，只有近距離仔細觀看才會被發現。其餘的兵刃都留在公寓房間裡。

拜諾恩把頭巾脫下來，圍在頸項上當作保暖的領巾使用，然後沿著商店街踱步，鑽進車站外的人潮中。

拜諾恩直至最近才發現：原來在大城市中狩獵吸血鬼是最容易的。吸血鬼的氣味就像病菌一樣，能夠經身體接觸遺留在人類身上，而這個人也會攜帶著那種獨特氣息向其他人散播。拜諾恩只要順著這個傳播關係作「逆追蹤」，最後就能夠確定吸血鬼的所在。這個方法從未令拜諾恩落空。他已在倫敦消滅了四隻吸血鬼。

這方法令拜諾恩想起當紐約警探時的老日子，那時逆追蹤偵緝是每天的例行工作。

拜諾恩瞄一瞄手錶。晚上十時四十五分。若是在平日，街道早已變得冷清。但是現在不同，現在是一九九九年最後九天。整個倫敦都在逐天倒數二〇〇〇年的來臨。玩樂場所、餐廳和百貨公司都延長了營業時間。人群緊擠在行人道上，移動得很緩慢，像在互相取暖。

一家百貨公司外頭放置了一個巨大電視螢幕，是收費電視頻道的宣傳品。裡面正播放時事評論節目，邀請了宗教人士、社會學家和歷史學者出席座談。主持人不厭其煩地向觀眾解釋：二〇〇〇年仍然屬於二十世紀，二〇〇一年才是廿一世紀的第一年，因爲「世紀」是由「一」年而非「〇」年開始計算的……所以我們現在不是歡送二十世紀，而只是迎接二十世紀的最後一年……

那個歷史學者提到第一個千禧年將要結束時，許多人以爲就是世界末日，於是變賣所有財產等待進天國，甚至瘋狂自殺……

在倫敦，慶祝千禧年的中心並不在這兒。特拉法加廣場原是倫敦每年除夕的慶祝勝地，可是今年得讓位給座落於格林威治、將在除夕正式開幕的「千禧殿」（Millennium Dome）。心中懷抱不同期望與焦慮的人們，成千上萬湧向法定國際時間的零時起始點，把那座周長一公里、高半公里的半透明圓拱幻想爲碩大無朋的方舟，接載他們安然航向下個一千年……

一個穿著滾軸溜冰鞋的黑人，沿著行人道外側迎面而來，頭上束著一條警察用來封鎖案發現場的藍色膠帶，這種天氣竟然只穿一件紅色的綿衣，上面用反光塗料印著一行字體：

「WHO IS JACK?」字體下面印著一柄手術刀的圖案。

拜諾恩經過好幾間販賣紀念品的商店，都掛著這種式樣的衣服和飾物，數量足與印著大「M」字的千禧年紀念品匹敵。

「Big Issue! Big Issue!」一個流浪漢站在車站門外，揮舞著封面色彩豐富的雜誌叫賣。

拜諾恩看見封面的頭條：「開膛手傑克回來了：這次他會收手嗎？」昨天報紙刊登了第十三人遇害的新聞。死者同樣是妓女。

「開膛手傑克二世」就是拜諾恩到倫敦來的原因。吸血鬼肆虐時往往裝扮成心理異常的連續殺人狂。

——「開膛手傑克二世」殺人肢解的手法雖然兇殘，但死者並沒有被吸血……吸血鬼絕不會讓溫熱的鮮血浪費在雪地上……

拜諾恩在雜誌上讀過這樣一篇讀者投書：「一如我們即將再臨的救世主耶穌基督，相隔百餘年二度現身的『開膛手傑克』正是撒旦的兒子——聖經所預言的『敵基督』……他趕在第二個千禧年結束前來臨，在暗街中揮舞邪惡的刀刃，目的是殺害另一位聖母瑪莉亞，阻止聖嬰再次降生……這是世界末日已近的最有力徵兆……」

——嗅到了。

在稠密的人叢中，汗味、古龍水氣味、汽車廢氣與商店暖氣系統排出的濁氣，加上緊張和興奮所產生的荷爾蒙味道，混合成一種節日獨有的氣息。

而在這氣息之中，拜諾恩分辨出一絲淡淡的吸血鬼氣味。

——開始在倫敦的最後一次吧。

在這種行人如游魚的情形下，拜諾恩不必特意尋找那個攜帶著吸血鬼氣息的人。他只要辨別出氣味的來向，再順著那方向前進便行。

果然，拜諾恩越往街道的北面走去，那吸血鬼氣息便越濃。

拜諾恩進入塔橋車站。他皺眉。假如吸血鬼是在火車或地鐵內把氣息散播出去的話，那就很難追蹤了。

不！氣味的來源仍在前面。拜諾恩穿過火車站，從車站北面出口離開。甫踏出車站，拜諾恩便停步了。

他已找到吸血鬼氣息的來源，那就是座落在車站北鄰杜利街的「倫敦地牢」。

同時　希斯羅機場

德國護照上的姓名是于爾根．馮．巴度。

已經連續工作了六個小時，海關檢查員感到煩厭和疲倦。聖誕假期的旅客比平日多了十多倍。確定了護照的名字和號碼並不在電腦的可疑名單上之後，檢查員抬起頭，略瞄一瞄櫃檯前那個男子的樣貌，再對照護照上的彩色相片：微禿的額頭、細眼、鬆垮的下巴……是同一人。

「來工作嗎？」檢查員以公式化的語氣問。

「是的。」

檢查員把入境印鑑蓋上。

馮．巴度離開了關口，以僵硬的動作慢慢步往洗手間。他的行李只有一個公事皮箱。

馮．巴度進了洗手間最裡面的間格，把木板門輕輕關上。他闔上馬桶座的蓋板，緩緩坐在上面，一動不動地等待。

十多分鐘後，一雙皮靴踏著響亮的步伐進入洗手間，停在馮．巴度那間格的外面，在門上輕輕敲了兩下。

「我來了。」穿皮靴的男人隔著門板說。

「千葉呢？」馮．巴度問。他的嘴唇移動幅度很小，聲音變得含糊，有點像剛學會說話的幼童。

「他比你早一天到來，正在四處打探消息。」

「那傢伙……你到停車場等我。」馮．巴度的怪異聲音中帶著命令的語氣。「我要等一個適合的人進來。」

「好的。」穿皮靴的男人匆忙離開。

□

一個穿著黑色皮夾克和牛仔褲，手裡挽著機車安全帽的青年進入洗手間。他把安全帽放在盥洗盆旁，細心地對著鏡子整理頭髮。

右後方傳來奇怪的呻吟聲。

青年好奇地走到最裡面那間格門前。「先生，你沒事吧……」

呻吟聲仍然繼續。

青年嘗試推一下板門，發覺門並未鎖上。

把板門推開後，他看見了一生從未想像過的恐怖情景。

觸目都是腥紅色。

于爾根．馮．巴度的屍體在八分鐘後被發現。

死者胸腹上有一道長達二十吋的破口，由鎖骨中央垂直延至下腹，皮肉被翻開，內臟全遭掏挖殆盡。現場並未發現內臟的任何殘渣，應該已被凶手取去。

警方仍未確定此案是否與「開膛手傑克二世」有關。

約十八小時後，一名女士向警方報案：她的男友泰利．威克遜神秘失蹤。威克遜所駕駛的機車仍遺留在希斯羅機場的停車場內。

同時　伊斯靈頓區　巴特街

查爾斯．龍格雷隊長與三個倫敦市警刑事偵緝處的探員，跟隨老房東步上公寓的狹長階梯。

「我聽到貓叫聲……最初那個美國佬沒有告訴我他養貓——不，或許他有告訴我，但我卻忘記了——反正我就是聽到貓叫聲……」老房東邊拾級步上邊說，「我以爲有野貓闖進來，心想他或許忘了關窗，於是用備用鑰匙把那房間打開來……我……我看見裡面那些東西，覺得還是報警比較好。」

老房東走得太慢，令龍格雷感到不耐煩。「你確定他是在十一月二十日搬來的嗎？」

老房東遲疑了一會兒。「也許是……二十二日……我可以再核對一下……」

公寓房間的正門打開了。一團黑色的東西在房間裡閃過。三名探員立時靠到門口兩旁，伸手摸著腋下的槍柄。

「別緊張。是貓兒。」龍格雷沒有任何防備地直走進陰暗的房間內。暖氣仍然開著，說明了貓兒確是房間的主人飼養。

龍格雷把一盞壁燈亮起。「你們不用進來。太多指紋的話，蒐證人員要多花許多工夫。」

房間非常簡陋。單人床上的被單很凌亂。飯桌上堆滿速食品的包裝紙和空酒瓶。盛著咖啡殘渣的紙杯旁散佈幾顆藥片——龍格雷一眼看出那並不是迷幻藥，而是頭痛藥。

盥洗盆前只有牙刷、牙膏、肥皂與一柄刮鬍刀。刀片用了最少兩個星期，帶著少許血跡。

然後龍格雷看見了那些令老房東驚慌得報警的東西：其中一面牆壁上，貼滿了因為濕氣而微微捲曲的剪報。

「傑克二世捲起恐怖浪潮」、「冬季開膛手：人？怪物？」、「蘇格蘭警場加入調查傑克案」、「第十二名刀下亡魂：傑克這次會罷手嗎？」、「傑克二世：千禧年狂熱的產物？」……

龍格雷撫摸下巴叢生的鬍子，微笑搖搖頭。這房間的狀況，跟他在市警總局內的臨時辦公室幾乎一樣——差別只是牆壁上沒有貼著警方蒐證人員拍攝的現場照片。

龍格雷很想從口袋掏出菸斗來燃吸，但在這兒不行。他拿下眼鏡，用深藍色的領帶把鏡片上的霧氣擦乾。

——難道就是這個美國人嗎？……

「他隨時會回來這兒。大衛，你跟房東到外面的汽車裡把風，一發現那個美國人回來就通知我們。」龍格雷下了命令後，繼續檢查房門裡的東西。

龍格雷隸屬蘇格蘭警場。就應付心理異常暴力犯的經驗和知識來說，全英國已找不出第二個。

自從被派到倫敦來以後，龍格雷每天都最少接到上司三通電話，催促他務必在聖誕節前把「開膛手傑克二世」逮捕歸案。

毫無意義的命令。

爲了避開記者的跟蹤，龍格雷特意穿上最舊最髒的衣服，不刮鬍子，把自己裝成三流警探的模樣。就算市警總局內，也只有少數高級警官和一起辦案的探員知道他是來自蘇格蘭警場的人。

假使有記者逮上了他也問不出什麼——他所知道的線索根本比媒體多不了多少。他只能夠期待這個「開膛手傑克二世」不要停下來。

這當然不是作爲執法者應有的想法。可是追緝精神異常的連續殺人犯往往就是這麼一回事：只能夠等待「他」犯錯。

可是「他」沒有。沒有目擊者、沒有指紋、沒有遺下凶器——事實上法醫至今仍無從確定「傑克二世」使用的是什麼刀子，恐怕是自行打造的吧。

龍格雷一直想：「他」會像一百一十一年前的「老大哥」般突然收手嗎？

一八八八年那個恐怖的秋季，「開膛手傑克」殺害了四至七個（也許還有更多）妓女後便銷聲匿跡，直至今天也沒有人能證實他的身份和動機。

一九九九年的「傑克二世」就跟「老大哥」一樣，每一次犯案的手法都比前一次殘酷，給人一種似乎在學習如何肢解的感覺……

第十三個——也就是最近一個受害者是二十八歲妓女蕾絲．柏格，外號「噗噗」（因爲喜歡嚼口香糖）。龍格雷從警十九年來，這是花了最長時間檢視屍身的一次。

當時龍格雷的第一個感覺是：蕾絲的身體被整個「翻開」了，所有內臟——包括腦部——都置於皮膚之外。切割頭蓋骨和肋骨理應花費許多時間，「傑克二世」卻能夠在沒有人發現的情況下，於布里特徑街道上從容行事。

從現場環境推斷，排除了凶手在別處殺人、肢解後移屍的可能性。陳屍處就是殺人現場。那兒距離牛津街鬧市才不到半公里，屍體被發現時仍有微溫。

殺人手法也跟百年前的初代「開膛手」相同：先把受害者勒至死亡或昏迷，然後一刀割斷咽喉——凶手的臂力十分驚人，其中三個死者就因爲這一刀割得太深，整個頭顱都掉了下來——再逐步肢解。法醫從切割手法推斷，「傑克二世」也是左撇子。

當「開膛手傑克二世」這個稱號開始流傳時，龍格雷已猜到那些小報會創作出怎樣的故事。果然不久後，《太陽報》的頭條是：「傑克二世：百年前開膛手的輪迴再生？」

龍格雷肯定「他」是個模倣者。就像ＵＦＯ和甘迺迪總統遇刺案一樣，「開膛手」懸案發生後這一個世紀裡，漸漸衍生出「Ripperology」的專門研究。《開膛手完全手冊》、《開膛手之謎大破解》之類都成爲暢銷書，解謎理論五花八門，甚至與英國皇室成員、共濟會〔註〕等扯上關係；近年又發現了一個名爲詹姆斯・梅布里克的男人百年前的秘密日記，內容坦承自己就是「開膛手傑克」。日記眞僞還未被確定，卻已有人把它改編成電影……一個腦筋斷了根線的人，這類書看得太多，於是幻想自己就是「傑克」，或是決心繼續「開膛手」的「光榮事業」……龍格雷深信就是這麼一回事。

龍格雷歸納出來：凶手是個大塊頭——用刀子切斷骨頭需要極大力氣；擁有自己的汽車作逃走之用——作過這樣大幅肢解後，凶手身上不可能沒有血漬；也許並非天生左撇子，而只是純粹爲了模倣初代「開膛手」；白種人——因爲所有受害妓女都是白種人。根據過往案例，連續殺人魔絕大多數只挑選與自己同一膚色的受害者。

龍格雷卻只能做到這地步。蘇格蘭警場雖然擁有悠久傳統，但對付連續殺人犯的經驗比不上美國的同行。他把所有資料送交了美國聯邦調查局的行爲科學組，藉助他

註：共濟會（Freemason），歷史悠久的秘密結社。據記載起源於古代的石匠公會，甚至傳說與古埃及金字塔和所羅門神殿的建造奧秘有關。並非宗教組織，卻與基督教傳統有千絲萬縷的關係。至今仍然存在，成員多爲上流社會人士。

們描繪出凶手的心理測寫（Psychological Profile）。他曾到過維吉尼亞州昆蒂科的FBI學院作交流學習，在那邊有不少朋友。

然而龍格雷對此並不抱太大寄望。直覺告訴他，凶手還有某些「東西」，是他直至目前還沒能想到的……

然後幸運似乎降臨了，這個謹慎的老房東意外發現了這面貼滿剪報的牆壁——心理異常的罪犯特別喜愛收集有關自己的報導，他們爲自己的「傑作」而驕傲。

龍格雷很仔細地察看房間內部，盡量小心不要移動房裡的東西。

他突然想起那隻黑貓。他用舌頭發出聲音，想把貓兒引過來，但卻沒有動靜。

龍格雷俯身看看貓兒有沒有躲在床底，卻看見床下藏著一口黑色的皮革行囊。

他小心翼翼把行囊慢慢拉出來，行囊異常沉重，他感覺裡面似乎有金屬互相撞擊，於是他把行囊打開來。

龍格雷在職業生涯中處理過無數凶器，但行囊裡收藏的兵刃形狀，他過去連聽也沒聽過。

他唯一辨認出的是一柄彎刀，樣式與英軍的尼泊爾傭兵團所用的彎刀相同。

此外有一對雕刻著鬼臉的鈎鐮刀，刀柄連著長鐵鍊；一個大皮套內排滿三、四十支細小的飛刀，刃身形狀像燃燒中的火焰；一只皮革縫成的手套，每根手指上都裝著長長的利刃……

龍格雷又瞧見，行囊一角放置著一個密封的半透明塑料袋，裡面裝滿了赭紅色的液體。

雖然還有待法醫化驗，但龍格雷相信那是人血。

「我的天……這個瘋狂的混球……」

倫敦地牢

晚上十一時十分　「倫敦地牢」

身穿鎖子甲的中古武士刺殺坎特伯里大主教比克特，鮮血潑灑在他印有巨大十字架的雪白聖袍上；黑死病患者渾身腐爛與斑點，擠在小屋裡無聲等待死亡；問吊的死囚伸出腥紅舌頭，雙腿在半空中無意識地亂踢；斷頭臺的刀刃又一次落下，切斷路易十六世那尊貴的頸項；被縛在木柱上施行火刑的殉教者，合什仰首作最後的祈禱；半浸浴在河水裡、手足被枷鎖的罪犯不斷發出悲悽的呻吟；瓦拉特・卓古勒伯爵坐在貫穿了敵人屍身的尖柱下，喝血慶祝勝利……

「倫敦地牢」（The London Dungeon）是除了「塔索夫人蠟像館」裡的恐怖屋之外，市內最受歡迎的恐怖主題遊覽點，於一九七五年改建一座古老地牢而成。

拜諾恩隨著其他遊客在偌大、黑暗的地牢內前行。會移動和發聲的人偶，陳示了歐洲古代至近代各種暴行與酷刑。假扮成鬼怪的導遊不時從暗角處突然撲出來，唬得女孩子們驚叫，其他人則哄笑起來。

被英皇亨利八世指控通姦而遭處死的安妮皇后，她被砍落的頭顱在地上說話，訴說著自己的悲慘遭遇。那是用電腦全像投射技術製造的特殊效果。

拜諾恩沒有看這些造型恐怖的人偶一眼，他專心搜尋那股吸血鬼氣味的來源。拜諾恩漸漸遠離了其他遊客。

——似乎是這兒。

拜諾恩推開一道幾乎看不見的暗門。曾經是保安專家的他並沒有掉以輕心，心中一直在默記著走過的道路方向。

進入暗門後，拜諾恩置身於一條陰暗、狹小的維多利亞女王時代街道上。電燈泡的亮度被特意調暗，以僞裝成那個時代的煤氣街燈；地上遺留了一頁一八八八年的報紙——當然是複製品——標題是「白教堂路凶殺案」；破爛的玻璃窗被燻成黑色；屋子與屋子之間懸掛著十九世紀末式樣的女性褻衣……

「這兒是『開膛手傑克館』。」一陣女聲從角落傳來。「對不起，因爲近來的兇殺案，這兒已暫停開放。」

從陰暗街角出現的是一個女巫打扮的女子。

拜諾恩仔細端詳這「巫女」的樣貌：不知是化妝品還是天生膚色的關係，她的臉蒼白得就像地牢外頭的雪地；塗成灰鉛色的唇瓣薄而細長；藍得透明的眼睛中蘊藏著妖媚光采，與那黑色假髮和一襲黑色低胸長裙很合襯。

——就是她，濃厚的吸血鬼氣味就是從她身上散發出來。

——可是她不是吸血鬼。

拜諾恩斷定這個「巫女」必定曾經與吸血鬼有極親密的接觸。

——但是她何以沒有遇害……

「你迷路了嗎？」「巫女」微笑著走近拜諾恩，她突然停步，拜諾恩察覺她在短短一剎那露出驚詫的表情，然後又恢復了很自然的笑容。

在「巫女」的注視下，拜諾恩感到一陣虛弱感襲來。他想起自己已經好幾個月沒有跟女性談話，一時竟不知要如何對答。

「讓我帶你參觀吧。」「巫女」又走近拜諾恩一點。「我是這兒的導遊。」

拜諾恩不知怎地突然失去了耐性，他只想盡快把這個「巫女」背後的吸血鬼找出來了結。他一向厭惡自己擁有催眠力和讀心力，現在卻迫不及待地使用。

他專注凝視著「巫女」，準備進入她的思緒中。

「怎麼了？」「巫女」失笑。「我的臉上有污垢嗎？」

失敗了。「巫女」的腦袋似乎擁有某種免疫力，阻止拜諾恩的精神力量進入。拜諾恩過去從沒有遇過這種情形——除了在面對吸血鬼時。可是他清楚分辨出眼前的確實是人類，也許她曾受過催眠或其他精神訓練吧？……

「我……」拜諾恩把視線移開。「我有點累……也許是天氣太冷吧……」他對自己說出口的話有點訝異：自己竟在這個剛見面的女人跟前表現出軟弱。

「你要休息一會兒嗎？這兒後面有一間休息室，我帶你過去坐一坐。」「巫女」的笑容中並沒有半點眞實的關心，似乎她猜想拜諾恩是藉詞身體不舒服而接近她。對於一個這樣漂亮的女導遊，這種事情也許每天都會發生吧？

拜諾恩跟著「巫女」離開「開膛手傑克館」。在昏暗的廊道中，他無法控制自己不去注視她的背影。在反光質料的黑衣襯托下，她的肩背和臀腿線條顯得極爲優雅。

拜諾恩不想承認，但是他確實有一股觸摸她的衝動。爲什麼呢？他無法明白。他是多麼地肯定，慧娜是他唯一所愛的女人……一想到慧娜，他便生起了微微的罪惡感……

兩人穿過一道只限工作人員進出的暗門，走過水泥建成的狹小廊道，步下石砌的階梯。

——她在打什麼主意？

階梯盡頭處又是另一條走廊。兩人走過時沒有交談半句。拜諾恩暗中測算，現在應該已經離開「倫敦地牢」的範圍幾十碼遠。想不到倫敦市地底竟有這麼長的通道。也許是二次大戰時的防空洞……

「這兒。」「巫女」掏出一枚銀色的鑰匙，把走廊盡頭處的木門打開。拜諾恩留意到，門上只簡單寫著「禁止進入」字樣，沒有標示房間的用途。

「巫女」還沒有亮燈之前，拜諾恩已用夜視能力看清門內的情形：一個寬廣但天花板很低的房間，堆放著許多大大小小的木箱、紙箱和其他雜物。看來是個儲物間。並沒有人。

「巫女」點亮了電燈後，拜諾恩看得更清楚。角落處放著成堆的生鏽鎖鍊；幾柄中世紀式樣的長劍縛成一束擱在旁邊；牆壁上掛著十來副造型古怪的頭盔和金屬面具；牆角下有一個半透明塑膠桶，看得見裡面盛著深紅色的假血漿……顯然都是「倫敦地牢」的道具。

「請坐。」「巫女」狡黠地微笑，朝房間中央唯一的椅子招招手。

拜諾恩苦笑，那是一張電椅，椅把、椅腳和椅背上都附有拘束死囚用的皮帶，椅背頂部附著一個半球狀的金屬罩。

「插頭已拔掉了吧？」拜諾恩笑著坐上去。

「別笑啊。這副電椅可是真品呢。使用過三次。」「巫女」撥一撥裙裾，然後坐到一個木箱上。「是公司特別從美國買回來的。你是美國人吧？一個人來旅遊嗎？」

電椅竟然比拜諾恩想像中舒適，也許是對死囚的最後一點慰藉吧？他撥弄著椅把上的皮帶，低頭沒有答話。

「怎麼了？感覺好一點嗎？」「巫女」交換兩腳交疊的位置，雪白的腿肌令人目眩。

拜諾恩並非笨得不曉得，對方正試圖誘惑他。難道她就是誘餌，替背後的吸血鬼吸引犧牲品？這就是她與吸血鬼親密接觸仍沒有被殺的原因？拜諾恩過去沒有遇過這種事情，但也不是沒有可能。

「還是感覺不大好……」拜諾恩脫下了頸項上的黑頭巾，用它把長髮束成馬尾。「可不是因爲疲倦或寒冷。」

「啊？那是爲什麼？」「巫女」微微前俯，讓拜諾恩看見她的乳溝。

「是因爲嗅到一種很難聞的氣味。」

「是嗎？我可嗅不到啊。這兒雖然是地底，但也不致於有沼氣吧？」「巫女」站了起來，走到拜諾恩跟前。「我知道你哪兒感到不舒服。」她的手指輕輕掃撫拜諾恩大腿。

「妳叫什麼名字？」

「有必要知道嗎？……好吧。我叫歌荻亞。」她雙手捧著拜諾恩的臉。他的鬍鬚扎進她綿軟的掌心。她的手掌輕輕搓揉著他的臉。「好癢……來，我替你脫去這件大衣好嗎？」

拜諾恩搖搖頭。「這兒太冷。」

歌荻亞媚笑。她走到電椅左側，握住椅把上的皮帶。「我們來點刺激的玩法，好嗎？」她把皮帶套上拜諾恩的左腕扣緊。

拜諾恩並沒有反抗。他想確定歌荻亞在打什麼主意。

歌荻亞的手法很熟練，不一會已把拜諾恩雙手、雙足和腰肢都束緊在電椅上。

「回到美國時你可以跟朋友們說一個好故事：你曾經在電椅上跟一個巫女作愛。」

她輕吻了拜諾恩的嘴唇一下，身體卻飛快地退開。她凝視他的眼神中失去了剛才的風情，變得冷冰冰的。

「好了，現在我感覺安全多了。我們可以坦白一點。」歌荻亞脫下黑而直的假髮，露出了一頭暗紅色的短髮。「你是吸血鬼獵人吧？」

拜諾恩大感錯愕。

——她是怎麼知道的？

「我不明白妳在說什麼……」

「別再假裝了。我從你身上嗅到『氣味』。」歌荻亞取下掛在牆壁上的一件運動外套披在身上。「你帶著吸血鬼的味道，但是你並非吸血鬼。」

——看來她對吸血鬼的認識比我想像中豐富。

歌荻亞又說：「你的運氣太差了，竟然找上布辛瑪先生。」

「布辛瑪先生？」拜諾恩虛應著。看來「布辛瑪」就是她背後的吸血鬼。

「你至今獵殺過多少吸血鬼？……你的好運到此爲止了。」歌荻亞拉緊披在身上的外套。「可惜啊……布辛瑪先生原本吩咐我，在這段期間內不要替他找食物。假如你是普通人，我可以放過你……」

她拿起房間角落一只古老的手提皮包——像醫生出診用的那種——打開來，從裡面掏出一根注射筒。透明的塑膠筒內注滿濁黃色的液體。她把閃著銳利銀光的針頭接上注射筒。

「我的寶貝，睡一覺吧。我保證你不會感到任何痛苦……」歌荻亞吐出舌頭舔舔針尖。「你怎麼掙扎也沒用的，這電椅我保養得很好，答應我，乖乖地別亂動……」

「我不能答應妳。」

拜諾恩右臂聳動了一下，輕鬆把束縛在腕上的皮帶掙斷。

歌荻亞露出不可置信的表情。她雖然看出他是經驗豐富的吸血鬼獵人，但沒有想到他竟有這個能耐——死囚在受到電殛刺激時會發揮出超乎常人的力量掙扎，故此電椅的束縛器具製造得格外堅固。

拜諾恩的右袖口滑出一柄銀色匕首，他把左腕上的皮帶也割斷了。「戲已演完了，現在帶我去見『布辛瑪』吧。」他把其他的束縛一一解除。

「你……」歌荻亞緩緩退往門戶的方向。

「不用怕。我不會傷害妳，我是要拯救妳，吸血鬼是無情的。他早晚會殺妳……」

「嘿嘿……」歌荻亞冷笑。「很有趣啊。男人口中總是常常提著要拯救女人……」

「妳不了解吸血鬼……我告訴妳……」

「我對吸血鬼的了解比你想像中多。」歌荻亞似乎恢復了鎮靜。「在沒有人受傷之前，請你離開吧。你不是布辛瑪先生的對手。」

「不可能，吸血鬼跟我是天敵。」

歌荻亞趁著拜諾恩說話的當兒，突然把披在身上的運動外套拋向他，然後迅速拉開背後的門竄到外面去，再把門鎖上。

她沒有看見：拋向拜諾恩的外套，在著地前已被他半秒間凌空斬碎成六片。

拜諾恩搖搖頭，他並不急於追趕，反而站在原地。他知道歌荻亞必定會逃往「布辛瑪」那裡，他要先讓她相信自己能夠安全逃走。

等待了大約十五秒後，拜諾恩才一腳把門鎖踹破。

外面走廊裡的燈光全都熄滅了，完全漆黑一片，連拜諾恩的夜視能力也沒有作用——所謂夜視力，其實只是把視覺神經的感光能力增幅而已，但在完全沒有光源的地方還是沒有用處。

然而拜諾恩還能安然地在走廊間全速奔跑。他依靠的是臉部和雙掌皮膚的感應：當身體高速向前移動時，會激盪身周的空氣；氣流若遇上牆壁便會改變方向，最終會反盪向他的皮膚上。他就是憑著感覺這些反盪氣流的力量和流向，準確測知牆壁的位置。

當然，要感應這麼微弱的氣流，非具有「達姆拜爾」的敏銳度不可。

這時拜諾恩也把嗅覺能力提昇至最高，追蹤歌荻亞身上那股混雜了體香和吸血鬼氣息的味道。

拜諾恩在黑暗中轉過好幾個彎角，躍下一段長長的階梯。他感到正不斷深入一座偌大的地下迷宮。

拜諾恩突然停止下來，朝右側擺出迎敵的戒備姿勢。在右面牆壁後傳來一種奇怪的聲音。

聲音越來越接近，越來越響亮。拜諾恩把左袖內的另一柄匕首也拔出了，兩刃交叉保護在胸前。

然後他才判斷出：那是列車高速駛過的聲音。原來這廊道就在地下鐵的路軌旁！

——爲什麼倫敦地底會有這麼多無人使用的通道？

拜諾恩不再多想，繼續奔跑追蹤歌荻亞的氣味。已經十分接近了。但是爲何還沒有看見亮光？歌荻亞只是普通人類，沒有光線，她是很難跑得快的。

拜諾恩發覺，越是深入這座「迷宮」，廊道便越寬闊。現在他走過之處已寬得足以容許汽車通過，同時廊道的牆壁、地板和天頂也越來越粗糙不平，甚至常常有大小不同的岩塊突出來。拜諾恩雙臂保護在頭臉前方，走得更小心。

拜諾恩第二次停下來。這次不是因爲聽到異聲，而是因爲根本再也無路可走。他走到了一個死胡同。

——歌荻亞的氣息就在前方啊……

拜諾恩這時明白了，這兒確實是座迷宮，他只知道從最接近的途徑追蹤歌荻亞的氣味，因此走上了歧路。

拜諾恩憤然頓足。

——爲什麼這樣不小心？是什麼令我失去了往日的耐性？

——是那個有關慧娜的噩夢嗎？……

現在只有一個方法：從原路回到那個儲物間去，然後像獵犬般逐步追索歌荻亞走過處所遺下的氣味。幸好這些地下密道都十分封閉，歌荻亞路過時遺下的氣息不會在短時間內散去。

拜諾恩剛才奔跑的同時，也記憶著所走過的地形與方向，所以要往回去並不困難。他並不焦急。反正歌荻亞逃走的速度有限，他的腳程足以彌補這段時間損失。

拜諾恩趁著往回走的這段時間，思考剛才與那個美麗「巫女」的對話。

這是他第一次遇上甘心爲吸血鬼做事的人類。過去他在墨西哥獵殺的吸血鬼毒梟古鐵雷斯，固然擁有許多人類部下，但他們並不知道老大已非活人。或許歌荻亞是受到那「布辛瑪」的長期催眠吧？然而她看來神智完全清醒，而且她在提到「布辛瑪先生」時，神色中顯露的並非奴隸對主人的敬畏，反而有點像妻子對丈夫的驕傲……

更令拜諾恩不解的是，何以這吸血鬼要躲在地底深處，又要依賴一個女性人類替他引誘「食物」？

「……布辛瑪先生原本吩咐我，在這段期間內不要替他找食物……」她剛才這樣說。看來「布辛瑪」確是有心匿藏起來。「這段期間」是指什麼？難道他發現最近有個厲害的獵人到了倫敦？又或是指「開膛手傑克二世」肆虐的這段日子？

這時候拜諾恩看見前面有亮光。

拜諾恩立刻生起了警戒，畢竟這整座迷宮極可能都是吸血鬼的巢穴。

拜諾恩分辨出：光源並不太亮，看來不是手電筒，而且光華正在微微搖動，似乎是火焰燃燒所產生的。

拜諾恩把兩柄匕首都挾在左掌指間，右手再從大衣內袋掏另外兩柄匕首。

那光源正在接近中。拜諾恩漸漸看清了：有一個人提著燈走過來。從氣息分辨，並不是「巫女」歌荻亞……是個男人……

拜諾恩皺眉。這個男人身上帶著很濃的血腥味。

男人手上提著的是一盞外形古舊的煤氣燈。藉著昏黃燈火，拜諾恩細看神秘男人的外貌。衣飾非常古怪：頭上戴著一頂傳統英國紳士的高帽，穿著一套整齊卻看來已十分陳舊的黑色西裝，胸前掛著一條皮革製的圍裙——像是屠夫穿的那種——同樣顯得陳舊，革面多處已經褪色，卻十分潔淨。

男人的臉異常地蒼白瘦削——比拜諾恩的臉還要瘦；高高的鼻樑像是刀削一般，骨節有一種尖銳感；眼窩深陷所構成的陰影完整地包圍著眼睛，令人無法看清雙瞳的顏色；下巴和唇上非常乾淨，沒有一根髭鬚，看來十分年輕；兩邊嘴角奇怪地下垂，但那似乎是天生的——男人的臉毫無表情。似乎拜諾恩在他眼中就如死物一樣。

男人的身體雖然散發著危險的氣息，但是拜諾恩並不感覺到對方有任何敵意。他把握刃的雙手藏在大衣之下。

兩人站立對視了許久都沒有說話。神秘男人的目光也同樣上下打量著拜諾恩，但一直沒有表露出觀感。

——難道只是個誤闖到來的探險者？可是那股血腥氣味……

拜諾恩終於忍不住，試探著問：「你是誰？幹嘛走到這兒來？」

男人微笑，那笑容卻使他的臉變得有點凶悍。「我……是……這裡是我……」男人似乎要花很大工夫才能夠捲動舌頭，咬字的偏差很大。聽起來就像失聰者或是牙牙學語的幼童在說話。

「你說什麼?我聽不清楚。」拜諾恩說。

「我……這裡是我的……家。」男人焦急地吐出這幾個字。

「你的家?」拜諾恩無法理解。「你住在這裡?」他指一指足下。

男人急忙點頭，想了一想卻又搖頭。「我是說……我在……出生……在這……地底……不是這裡……是在……」男人又想了一會兒，然後伸手指往一個方向。

「你在這種地方出生嗎?」拜諾恩失笑。他想，或許可以再多試探一些。他問：「那麼你認識……『布辛瑪先生』嗎?」

男人的臉色轉變了——變得更加蒼白，完全失去了血色。

這一刻拜諾恩斷定了，這個男人也認識「布辛瑪」。拜諾恩盡量令語氣顯得平和地說：「你知道他在哪兒嗎?可以帶我去嗎?」

「我……我不能夠讓你傷害他……他是給我新生命……的人……」

拜諾恩感到奇怪。「新生命」？可是面前這個男人並不是吸血鬼。拜諾恩憑氣味斷定這一點。

「不，我不會傷害他。我只是要找他談話而已……」

「不可以……我知道……」男人左手食指伸向拜諾恩。「我知道你就是壞人……布辛瑪先生常常提起的……來自『公會』的……『暗殺者』……」

「公會」的「暗殺者」？那是什麼？

「布辛瑪先生……說過……要是給『公會』知道我誕生了……『暗殺者』就會來……找我們……」

「我……」拜諾恩正想辯解時，忽然發現一件奇怪的事情——

男人的指頭上有一道奇怪的細縫，只有大約一公分長，看來不似傷口，就像是陽具上的尿道口。

男人突然發出哀痛的呻吟。他的左臂不斷顫抖。拜諾恩感到不妥，卻無法確定發生了什麼事，他握緊指間的四柄匕首。

一點白色的東西自男人指頭的細縫中露出來了。

拜諾恩仔細看。

是骨頭。男人的指頭上突出了一段約六吋長的奇異白骨，形狀尖銳有如刀刃，上面帶著他自己的鮮血。

煤氣燈突告熄滅。

拜諾恩感覺一道強風撲面而來，他本能地往旁閃躲，雙足蹬在牆壁上，再朝後反躍，翻身到半空。

煤氣燈雖熄滅，卻仍發出極細的餘光。拜諾恩把夜視力提昇到最高點。

當他頭下足上翻到半空中時，他看見了：男人正揮動手指上的「骨刃」，朝自己突刺而來！

拜諾恩身在半空，正處於極不利的狀態。他無暇細想，雙手上四柄銀色匕首飛射而出，分別襲向男人的臉部、胸膛、腹部和手臂！

黑暗中綻放出金屬交擊的火花。在最亮的剎那，拜諾恩看見了：男人左手迅疾地揮舞，幾乎同一時間把四柄匕首擊落。

——拜諾恩想起他從前應付過的所有敵人：吸血鬼夏倫、「鈎十字」、凱達、珊翠絲、莎爾瑪、古鐵雷斯，還有狼男加伯列……

——沒有一個的速度比眼前這個神秘的男人更快！

男人的左手五根指頭全都已長出了「骨刃」。那看來雖是骨頭，卻比金屬還要堅硬。落地的四柄匕首上都崩缺了。

拜諾恩著陸後迅速把靴筒內的兩柄匕首拔出來。這已是最後的兵刃了。假如手上有長劍或鈎鐮刀的話，勝算還比較大——兵刃的長度可以彌補速度上的差距。憑著這短短的匕首是太勉強了一點。拜諾恩後悔自己太輕率了。

——可是怎也想不到遇上的對手不是吸血鬼。假如是吸血鬼的話應該可以及早做出防備……

現在多想也沒有用了，男人隨時會發動第二波的攻擊，拜諾恩要在這極短空隙裡想出戰勝或逃脫的方法。

——還是逃走吧！反正已經知道對方的巢穴，等準備萬全時才再來反擊……

拜諾恩一旦下定決心便轉身拔腿，他希望對方的速度只屬於瞬發力而欠缺持久力，那麼便有機會逃脫了。

男人果然從後窮追，那支「骨刃爪」伸往最前方，尖端距離拜諾恩的背項僅有六、七呎。

拜諾恩不敢回頭，飛快轉過一個彎角，剛才走過道路的記憶清晰呈現在腦海。

——絕對不能迷路！否則便完了！

已經無法集中心神用皮膚感覺地形了，他只能憑著記憶走。

——前面是階梯！

拜諾恩的身體躍起。

男人卻已到達他背項！

「骨刃爪」自左上方斜下劃過——

拜諾恩的黑色大衣破裂。

他一躍越過二十多級的階梯，在上層著地，腳下乏力蹌踉，他不支仆倒，半跪在地上。

然後他聽到階梯下方，那個可怕的男人猛撞在石階上，發出石塊崩裂的聲音和男人的哀叫。

——對了！在這黑暗中，他也無法看見！

果然，他聽見下面那男人正摸索著牆壁，緩步拾級走上來，「骨刃」刮過牆壁，發出令人牙酸的銳音。

拜諾恩燃起了逃生的希望。他努力記憶著地形，咬牙用最快的速度往出口奔跑。過了一會兒，終於再聽不見那刺耳的刮磨聲音。拜諾恩知道自己安全了，心頭一放鬆下來，立時感覺到背項的劇痛。

拜諾恩已許久沒有感覺過如此劇痛。吸血鬼是沒有痛覺的，而身負一半吸血鬼因子的「達姆拜爾」，痛覺也比較遲鈍。

——為什麼呢？為什麼這個男人的「骨刃」會帶來這種劇痛？我好像連傷口細胞的壞死也能感覺到似的……

拜諾恩想，這樣也好。能夠感覺到痛楚，最少證明自己還活著，也證明自己還是人類。

他想到自己其實仍然眷戀生命，心裡驀然寬慰起來。那種安慰感彷彿稍稍紓緩了背項創口的痛楚。

獵人被獵

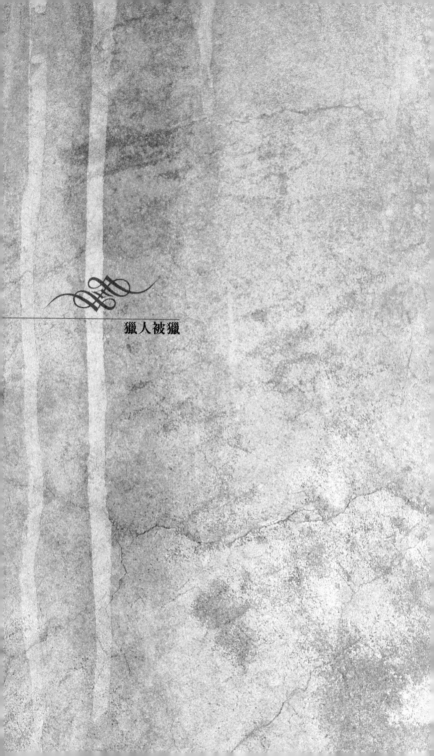

十二月二十四日　凌晨一時〇六分　伊斯靈頓區　巴特街

拜諾恩把「大衛．哈里遜」機車停下來，急忙脫掉安全帽，猛地喘氣。

因爲失血的關係，他感覺寒冷極了。雪雨飄到他乾裂的嘴唇上，他伸出舌頭舔了一下，才知道自己同時也感覺極渴。他想像把一杯熱咖啡喝進胃裡的那股滿足感。

可是他知道，自己此刻最需要飲下的不是咖啡，而是藏在行囊中的那袋鮮血。背項的傷口已痛得有點發麻，只有喝血才能令傷口迅速癒合。

他極害怕這個「治療」方法，但是每一次危險的行動之後又不得不使用。他知道自己每喝一次血，體內的吸血鬼因子便會越旺盛。然後到了某一天，他的一半吸血鬼血統將征服另一半的人類血統，令他墮進永劫不復的邪惡深淵……

拜諾恩踉蹌跨下機車，小心地一步一步走向公寓大門，以防背項的傷口擴大。

在騎車之前他用黑頭巾蓋著傷口，繞纏胸間縛緊以阻止流血。可是一路震動後，頭巾早已浸透了血水。

他沾血的手指伸進口袋，把大門鑰匙掏出來。

進入公寓前廊時，拜諾恩竭力放輕腳步。這時，公寓裡的人應該都已睡了，他不想讓任何人看見他現在這副模樣。

拜諾恩拾級到了二樓，拿鑰匙把房間的門打開——

這時他才驚覺，自己因爲受傷已完全放鬆了警戒，波波夫並不在房間內，他卻在此刻到了門口時才感覺到。

已經太遲了。打開房門後，他看見三個男人站在房間中央，每一個都雙手握著手槍對準自己，三人都穿著防彈衣。

同時全副武裝、手持霰彈槍和輕機關槍的特警分別從兩旁的其他房門衝出來，包圍了拜諾恩兩側。

站在房間內的龍格雷隊長高叫：「警察！不要動！雙手舉高！我們現在要逮捕你！」

拜諾恩苦笑。這種情景他過去已經歷過許多次——但每次他都是扮演握槍的人。

拜諾恩舉起雙手時皺皺眉——他又牽動到背項的傷口。「發生什麼事？我只是個遊客。」

他說話時輕輕踏進房間。這動作令房外走廊兩邊的特警大爲緊張，立即圍攏到房間門口。

「請你絕對不要反抗。」龍格雷仍很冷靜，他知道自己已經贏了。「在這情形下你不可能逃脫。現在我們以十三項謀殺罪嫌疑逮捕你，在上手銬後我會宣讀你的權利。」

他是個很好的警官，拜諾恩想。

——十三項謀殺罪……是「傑克」。他們把我當作「傑克」。

「別開玩笑了。我沒有時間跟你們玩。」拜諾恩說話時暗中儲存氣力。

「請你立刻蹲下來，然後全身俯貼地上。否則作拒捕論。我會先射傷你的腿部。」

龍格雷把槍管下移，瞄準了拜諾恩的小腿。

「我說過……」拜諾恩眞的在慢慢蹲身。「……我沒有時間——」

然後拜諾恩的身體在眾多警察眼前消失。

龍格雷接著聽見身後傳來玻璃的碎裂聲。

拜諾恩以超乎人類肉眼可見的速度穿越房間，撞碎了玻璃窗躍出！

沒有人看得清發生了什麼事，龍格雷也不能，但他最快判斷出狀況：嫌犯脫走了！是穿窗而出！

他率先回身奔向玻璃盡數毀碎的窗戶——龍格雷一向習慣親身在第一線指揮行動。他俯身看過去，街道上卻不見人影。

原來拜諾恩穿過窗戶，卻並不是往下逃，而是雙手握住上方的窗框，身體搖盪倒翻，輕易躍上了屋頂。在下面街道上埋伏包圍的警察，看見人影在屋頂閃過，立即朝上戟指說：「在上面！到了屋頂！」

警號聲響徹整條巴福特街。警車成群地發動開出，把包圍範圍往外擴張。整個社區被驚醒了，住宅的窗戶一個接一個亮燈。

警員在最初得知圍捕的就是「開膛手二世」的嫌犯時，情緒已經十分緊張；現在眼見嫌犯正在逃脫，一個個把食指都緊貼在手槍扳機上。

拜諾恩強忍著背上傷痛，飛快躍過一個接一個屋頂。鮮血滴落在舊磚瓦上，迅速與積水融和。

龍格雷這時帶著特警隊衝上了公寓天台，卻無法分辨出拜諾恩的逃向。

「他媽的！」龍格雷暗罵著。

——剛才到底發生了什麼事？一眨眼間便消失了！就在我的槍口前溜掉！那是不可能的啊！……

過了大約三分鐘，警隊的直昇機也加入搜索，探照燈有如舞台燈光般射下，找尋「主角」的位置。

警員索性把鐵索解開，讓成隊的警犬奔跑四散進巷道裡。

十四個夜歸者和流浪漢迅速被捕，雙腕被反銬俯伏在濕冷的馬路上。

居民紛紛走出大門看熱鬧，卻都被警察驅趕回屋內。在得知圍捕的目標是「傑克」後，年輕人都迫不及待打電話給朋友，繪影繪聲地做「現場報導」。

拜諾恩蹲在一條窄巷的陰暗角落裡喘息，旁邊是堆積成小山般、一個個脹鼓鼓的塑膠垃圾袋。這兒已距離公寓幾乎一公里遠。警隊直昇機好幾次從上頭飛過。

一條黑影突然迅速竄進了暗巷來。拜諾恩爬起身子，卻沒有拔出他僅餘的兩柄匕首——他不想傷害任何人。

闖進來的是一條警犬——身體幾乎有成年人般大的狼犬。牠並沒有像警匪電視影集裡的警犬般發出狂亂的吠叫，而是靜靜地盯著拜諾恩，似乎在等待攻擊的機會。

拜諾恩也反過來盯著牠的雙目。

狼犬驀然從拜諾恩的目光中感受到前所未有的恐怖感，深烙在牠小腦袋中的警犬訓練，被原始、野性的本能淹沒了。牠哀號著從原路遁走。

拜諾恩鬆了一口氣。他瞧瞧地上，看見地下水道的蓋子。

——看來今夜我跟地底世界很有緣……

□

在檢視了所有被捕的可疑者之後，龍格雷下令把他們全部釋放。

「隊長……」一名警探遲疑地說：「要不要先核實他們的身份才釋放？……」

「不用了。」龍格雷搖搖頭。「我看清了那傢伙的樣子。」

「可是……這不合市警隊的工作常規……」

「我說不用便不用！」龍格雷把積壓滿腔的怒氣一股腦兒爆發出來。他走到那名探員跟前，口中吐出的蒸氣噴到對方鼻子上。「我剛才跟那雜種站得幾乎像我們現在這麼近！我要是個他媽的裸女，他那話兒可以碰到我的肚子了！這個答案你滿意了沒有？」

那名探員並沒有動怒，只是退後一步，聳聳肩，然後轉身離開，口中在低聲嘀咕：「既然站得這麼近，爲什麼又給那變態的雜種溜掉了？」

龍格雷進了一輛警車內，衣衫濕透的他感到冷極了。他從大衣口袋掏出菸斗，把已濕透的菸絲除掉，用紙巾把菸斗裡外抹乾。他摸摸身上，才發現自己忘了把裝菸絲的鐵盒帶來。

他咬著沒有菸絲的菸斗，這時他注意到放在警車一角的那個紙箱。

龍格雷撕掉紙箱上的膠帶，把蓋子打開來。黑貓波波夫安靜地躺在裡面。有個好心的警員替牠披上一塊小毛毯。

龍格雷伸手撫摸波波夫的頭頂，但被牠避開了。

一個養貓的美國人到倫敦來殺死十三個妓女。沒有比這更奇怪的事，龍格雷想。

他突然產生直覺：這隻黑貓很可能已經被那個美國佬養了好一段日子。也許他們是一同到英國來的。

龍格雷立刻用行動電話聯絡市警總局，要求他們查核近三個月內寵物入境的登記資料。

掛掉電話後，龍格雷又瞧著波波夫。

——嗨，小貓咪。告訴我，你的主人是什麼傢伙？

吸血鬼劍豪

凌晨三時四十三分　國王十字路地鐵站

這時拜諾恩知道，再逃走下去也沒有意思。

因爲現在追蹤他的並不是警察，而是吸血鬼。

當在同樣潮濕卻溫暖得多的地下水道中行走了一段時間後，他便嗅到那隻吸血鬼的氣息。

最初他還懷疑，是不是因爲背傷與疲勞而產生幻覺；但是當繼續在地下水道前行時，他確定那吸血鬼正在自己頭頂的道路上。

拜諾恩好幾次在出口處停下來，仰首朝上做戒備，但是那隻吸血鬼十分謹愼，並沒有揭開蓋子躍下來——假若他鑽過洞口下來，那將是他最脆弱的一刻。

一直躲在下水道中也不是辦法，還是趁著仍有力氣時與他鬥一鬥吧？

拜諾恩打開水道側一道緊急用的密封門，進入國王十字路（King's Cross）地鐵站。

這是倫敦地鐵系統中最大的車站之一，與另一地鐵站聖班克拉斯相連，兩站加起來是七條地鐵幹道的交匯點，並同時連接英國鐵路，所以月台和通道特別多。

在這時候，車站當然早已關閉。流浪漢把長椅都霸佔了。站員在每夜關閉前都例行把車站裡的流浪漢和賣藝人趕走，但總有不少成功躲藏起來。夜班的看守員也懶得再驅趕他們。外面太冷了，要是明早在車站外發現了露宿者僵硬的死屍，地鐵公司和職員都會受到極大的輿論壓力。

拜諾恩的皮靴踏在車站走道上，發出很大的回聲，有幾個流浪漢向他瞄了一眼，便又倒頭大睡。拜諾恩的衣服比他們還要髒。

他感到渴極了——不知是因爲失血還是疲倦的關係。他掏出幾個銅板投進自動販賣機裡，買了一罐熱暖的牛奶咖啡。

咖啡的氣味反倒吸引了幾個流浪漢坐起身子來，盯著拜諾恩打量，然而咖啡氣息不過勾起他們一些遙遠的記憶而已，早在許多年前開始，他們已經對一切沒有酒精的飲料失去興趣。

拜諾恩一邊走向車站深處，一邊喝著那罐熱咖啡，心情稍稍紓緩過來。背上的傷口仍在發疼，幸好已經止血了。

——爲什麼這麼痛？那怪物……那個手指會變出骨頭來的怪物究竟是什麼東西？

等他走到車站最老舊的一條通路時，鋁罐完全空了。他隨手把罐子拋掉，然後瞧瞧眼前的情景：這是一條橫跨在路軌上方、連接兩個月台的廊道，呈圓管狀，兩側和上方都鋪著已經剝落多處的深棕色瓷片。拜諾恩想像著：這兒就像一條被裡外翻轉的蛇一樣，肉和內臟都暴露到外面，棕色的蛇鱗反倒成了內側，而自己就置身其中。

水泥地因爲濕氣而變成深灰色，四處都透著尿味，遙遠某處有個仍未能入睡的賣藝流浪漢，在演奏著悲哀的小提琴曲，旋律隱隱傳到這條走廊來。

然後那隻吸血鬼就出現在廊道前方盡頭。

一見到他，拜諾恩懷疑：這吸血鬼是因爲害怕弄污衣服，才沒有往地下水道裡進攻。

吸血鬼是個亞裔人，頭髮剪得很短，細小的眼睛架著一副方形黑框眼鏡；中等身材，穿著非常呆板的深藍色西裝、白襯衫、黑領帶和黑皮鞋——上面有細小的銀扣裝飾；左臂呈九十度角橫放在腹前，上面掛著一件灰色長雨衣。這樣的上班族打扮，在東京街道上通常都以千計地成群出現。

拜諾恩這是第一次看見吸血鬼穿著得這樣正式——一般吸血鬼都打扮成嬉皮、飆車族、異端教派崇拜者、藝術家或皮條客的模樣。原因很簡單：這些種類的人經常出沒的地區，最適合吸血鬼生活。

「你是跟蹤警察找到我的吧？」拜諾恩撫摸著掛在胸前那個富有紀念價值的銅鑄十字架。

吸血鬼脫下眼鏡，咧嘴微笑，露出尖銳的犬齒。「嗯。簡單的方法往往都很有效。」

拜諾恩發現，對方的英語中夾雜著超過一種的異國口音（辨別口音是他在特工處時的學習項目之一）。一種好像是日本語，另一種聽不清楚，但似乎是某個歐洲國家的語音。

——這吸血鬼跟警察一樣，把我誤認作「傑克」……

——「開膛手傑克」竟然跟吸血鬼有關連！「傑克」與長生不死的吸血鬼……

拜諾恩迅速聯想到：目前肆虐倫敦的「傑克二世」，難道與一百一十一年前那個「開膛手傑克」是同一人？

「我已聽聞過你許久了。」吸血鬼繼續說。「眞好，讓我先找到你。從傳說中復活的**毀滅戰士『默菲斯丹』**（Mephistan）——還是我應該跟人類般稱呼你『傑克』？」

——原來「開膛手傑克二世」的眞名字是「默菲斯丹」嗎？

「等一會兒。」拜諾恩擺擺手。「我看你誤會了……」

「你具有這麼迅速的移動能力……」吸血鬼說。「……而現在我又確定了你不是我的同類。有這些特質的，世上只有『默菲斯丹』一個。也就是你。」

拜諾恩在心裡嘆息：偏偏對方不知道，世上還有他這個「達姆拜爾」……

「那麼你又是誰？」拜諾恩伸手指向吸血鬼。

「我的名字是千葉，千葉虎之介。」吸血鬼說到自己的姓氏時，臉容顯得格外凝重。「我很榮幸能夠成爲親手消滅『默菲斯丹』的『動脈暗殺者』。」

「動脈暗殺者」？……拜諾恩記得地道裡那個奇異的男人曾提及過「公會」的「暗殺者」……

——「公會」……難道是「吸血鬼公會」？

想到吸血鬼擁有龐大社會組織的可能，拜諾恩感到一股刺椎的森寒。

——不，不可能的……那不是太可怕嗎？吸血鬼的公會組織……

「我知道你想逃到哪兒去。」千葉虎之介把眼鏡和雨衣拋到地上。「我接著會找你的父親布辛瑪，假如眞的有地獄的話，你會在那兒跟他見面。」

「父親」這個詞令拜諾恩心頭一震。

——「開膛手傑克」也是吸血鬼之子？難道說那躲在暗街中專門殺害、肢解女人的瘋子跟我是同類？還是說我總有一天要變成跟他一樣的怪物？……

拜諾恩很希望能夠靜下來，把所有線索全數整理一次，但現在沒有這個時間。要是無法活著離開這個地鐵站，那一切都不用再思索了。

拜諾恩苦笑。看來是無法逃避了。他感覺到千葉身上所散發出來的特異迫力——不同於一般的吸血鬼。看來這個日本「人」曾經受過某種特殊訓練。拜諾恩過去曾經在另一個吸血鬼獵人——日本密教僧人空月〔註〕身上感受過類似的氣魄。

千葉虎之介的細目從拜諾恩的臉掃視而下，停留在胸口處。「你是教徒嗎？哈哈……十字架。很令人懷念的東西。」

千葉並沒有拔出任何武器，雙手空空地逐步迫近拜諾恩。

拜諾恩嘆了一口氣，大衣聳動了一下。許多東西從大衣內側抖出來。

那都是他從地下水道撿拾得來的臨時「兵刃」：一個快艇用的細小勾狀鋼錨（天曉得一個船錨怎麼會遺在地下水道裡），末端仍繫著一截鐵鍊；兩截斷裂的汽車防撞桿，中間以鐵絲緊綑在一起，成爲一枚粗糙的十字鏢；一條插滿鏽鐵釘的皮革腰帶；一個表面凹凸不平、不知原本用途爲何的空心金屬圓筒……

千葉看見這一堆破爛後皺起眉頭。「這是什麼玩意兒？你不打算用你的『刀子』嗎？不用對我留手啊……」

拜諾恩沒有答話，把那只圓筒套在左前臂上；口中啣著防撞桿十字鏢；右手挽著鋼錨的鐵鍊；左手握著有如荊棘藤般的皮帶，擺出迎敵架式。

「嗯？你也懂得一點武鬥技藝嘛。」千葉獰笑。「讓我告訴你，你的架式哪兒有漏洞吧！」

註：空月，全身紋有《般若心經》文字的密教高僧，藉助密法刺激體能以抗衡吸血鬼，最後失手被殺。參閱前作《惡魔斬殺陣》。

穿著西裝的身影躍起。千葉虎之介跳到左面牆壁上，沿牆壁奔跑兩步，整個人倒走在廊道的天花板上！

拜諾恩眼睛緊盯千葉的去向。千葉的速度相當於一般吸血鬼，比不上先前在地底迷宮裡出現的「骨刃」怪物般迅疾。

拜諾恩同時卻驚嘆於對方動作之圓滑、優雅和嚴謹。每一條肌肉移動的幅度、使用的力量都恰到好處。這斷不是吸血鬼的異能，而是經過長期嚴酷訓練得來的成果。拜諾恩知道自己面對的是個可怕的敵人。

更令拜諾恩感到危險的是：千葉並沒有使用武器。無疑他擁有一種極爲特殊的攻擊方式。

——是什麼呢？他是日本人……空手道？柔術？古拳法？……

在沒有看清對方的招術之前，拜諾恩不敢貿然進攻。他雙膝屈曲，把身體降下，仰首準備迎接千葉的攻勢。

千葉的皮鞋踏碎了天花板上一根日光燈管。就在走廊驟然變暗的刹那，右掌從頭頂中央垂直劈下！

——果然是空手道！只是單純的手刀嗎？

拜諾恩半試探地揮起左手。帶釘的皮帶鞭向千葉的掌刀！

拜諾恩突然有一種「虛」的感覺：皮帶與敵人的手掌相觸，並沒有帶來預想中的衝擊。就好像敵人只是電腦投射製造出來的全息圖立體幻象，皮帶從中間割過，沒有碰上任何實物的感覺。

但他知道敵人確實存在。

因爲第二波的進攻已在面前。拜諾恩沒有用肉眼看見，卻感覺到有如一輛機車以二百公里時速迎面衝過來的壓迫感。

拜諾恩本能地放開左手上的皮帶，以穿戴著金屬圓筒的左前臂保護在臉前。

這次拜諾恩感覺到衝擊了——而且是極強烈的衝擊。拜諾恩的長髮和大衣都翻起，整個身體朝後倒飛。

拜諾恩右臂橫摔擲出鋼錨，錨尖勾住壁上一根水管。拜諾恩緊握著鐵鍊，身體像怒海上的小舟般擺動了一陣才能止住。

千葉虎之介早已著地。他左手拇、食二指拈著一截皮帶。斷處的切口十分平整。

拜諾恩檢視了左前臂上的金屬圓筒，上面有一道同樣平直的破口，像是用極鋒銳的刀子割下一樣。

——爲什麼？他手上分明沒有兵刃……

千葉虎之介剛才使出的其實是日本劍術——用肉掌使出來。那是人類體力無法達到的「無刀斬」。

千葉虎之介其實是日本幕末時代劍豪千葉周作（一七九四至一八五五）的私生子。千葉周作師承於祖傳北辰無想流，十六歲再拜入淺利又七義信門下修習一刀流，藝成後把兩流合併，始創北辰一刀流，並且創立玄武館公開授徒，一生門人多達六千五百餘名，玄武館亦榮登江戶三大道場之一。

虎之介孩童時已知悉自己的身世，遠從母親家鄉到江戶拜入玄武館，卻礙於父親的名譽而不能沿用千葉姓氏，周作對待他亦非常冷淡。

虎之介把這種抑鬱轉化成修煉的熱情，可是儘管他武藝出眾，卻註定無法與同父異母的兄弟爭奪道場師範之位。

虎之介心灰意冷之下，跟隨荷蘭傳教士到了歐洲，並且皈依天主教，一心渴望成爲神父後回到祖國宣揚基督的救恩。可是在修道期間，他卻受不了豐滿、肌膚雪白的異種少女的誘惑，結果被逐出教會。

虎之介此後在歐陸各國之間流浪。由於長著黑眼睛和黃皮膚，他無法找到工作，結果把他高超的劍術用在最污穢的途徑上，成爲殺人搶劫的強盜——因爲他的外貌太容易被辨別，故此每次搶劫後都把目擊者殺光。

其後他又成爲了貴族豢養的刺客，專門爲主人刺殺政敵，可惜他的主人不久後就在政爭中落敗，爲了保存家產而被逼服毒自盡，虎之介也受到通緝。

就在最絕望的時候，他遇上了吸血鬼。

吸血鬼給予他從沒有夢想過的東西：永恆的生命、任意殺人的快樂、唾手可得的財富……更重要的是力量——超越了任何劍術秘技的力量。

虎之介帶著這種力量與滿腔的仇恨回到祖國日本。他在輪船上已打定主意：把父親、千葉家一族，甚至北辰一刀流、北辰無想流以至一刀流所有劍士殺盡。他要把父親的一切從地球表面上抹消。

想不到的事情有兩件：第一，千葉周作早已去世；第二，在明治維新後，大日本武德會成立，劍術成了「劍道」，各流派技術已漸漸匯合，流派的實質意義也開始失去了。

怨恨的對象消失了後，千葉虎之介驀然發現，自己對這個母國毫無依戀。漫長的流浪生涯告訴他一件事：要安然生存下去的最好方法，是依附更大的力量。這時，他想起過去的吸血鬼夥伴告知他的有關那個「公會」的種種……憑著「無刀斬」絕技，千葉虎之介成為「公會」裡最受敬畏的成員：「動脈暗殺者」之一……

「無刀斬」的秘密並不在一雙肉掌，而在於手掌的動作：虎之介的掌刀在即將斬中目標前的剎那，突然利用手腕的力量在目標表面極為高速地拉動——由於這動作的移動距離極短，雖然是速度甚高，但所耗費的體力則不大。

由於這種高速運動的關係，目標物表面短暫形成一道細長的眞空空間。下一剎那，四周的空氣迅速湧進這個空間裡，形成一股狹細但銳利的衝擊波，把目標物從容割破。

換言之，虎之介的雙掌根本不必接觸目標，就能夠加以尖銳地破壞。這就是何以剛才拜諾恩揮出皮帶後會有那種「虛」的感覺：皮帶在半空中被切斷的速度之快，拜諾恩握著皮帶的手竟沒能感覺到！

「怎麼樣？明白了嗎？」千葉虎之介把斷皮帶拋棄。「現在就算使用你的『刀子』也沒有用。因爲你的血根本無法沾上我，我不必觸摸你就能把你切成碎塊，這是不可能被擊敗的劍技。」

拜諾恩雖然沒能完全參透「無刀斬」的原理，但已猜到虎之介是利用空氣產生破壞力。也就是說，虎之介擁有一件不可能被破壞的兵刃。

現在拜諾恩只餘下兩件破爛的兵刃和僅有的兩柄匕首。再加上疲倦和創傷，似乎已站在必敗之地了……

——空氣……氣體……

拜諾恩模糊地想到一個可行的方法。可是他需要適合的器具……在哪兒呢……拜諾恩努力回想在特工處時所學過的知識：在地下鐵車站內進行保護要人行動時，要注意哪些潛在的危機——反過來說，就是有什麼可能充當危險武器的東西或設備……

他想到了。

但眼前首要的是：拉開與虎之介的距離，爭取時間去找那器具……

「怎麼了？還不肯露出你的『刀子』嗎……」虎之介的臉突然變色。「等一等，難道你不是……『默菲斯丹』？」

「我早就說你誤會了。」拜諾恩左手接過咬在齒間的十字鏢，盡量把話語拖長。「我根本不知道你說的『默菲斯丹』是什麼。你還是小孩子嗎？竟然相信警察說的話，以爲我就是『傑克』？」

虎之介暴怒地吼叫：「那你又是什麼東西？你……你身上雖然有同類的氣味……」

眼看對方露出疑惑的表情，拜諾恩知道機會難再。

拜諾恩躍起，身體急促旋轉三百六十度，藉助迴轉之力把十字鏢擲出！

十字鏢以微呈弧形的軌跡呼嘯旋飛向虎之介頭頸！

同時拜諾恩雙足踏在牆壁上，雙手緊拉連著鋼錨的鐵鍊。他在心中暗暗祈求，生鏽的鐵鍊能夠抵受得住這種拉力。

鋼錨仍勾在水管上，因爲強力拉扯漸漸扭曲——

就在虎之介再次以「無刀斬」把飛襲來的十字鏢劈成兩半的同時，拜諾恩成功把水管拉破了一道大裂口！

水箭從裂口激射而出，在拜諾恩與虎之介間形成一道「水牆」，視線被阻隔了。

拜諾恩拋棄手上的鐵鍊，飛快往後撤退，縱下廊道盡頭的階梯，踏上月台。

虎之介以縱橫兩道的「無刀斬」開路，身體衝過「水牆」，朝拜諾恩追去。

拜諾恩越過充溢著尿味的陰鬱月台，並沒有回頭看——他知道自己只有不到三秒鐘的時間，少許延誤也是生死之別。

虎之介的動作提昇至最高速。他只踏地了一次，身體便直線飛至拜諾恩背後，雙掌同時高舉到頭頂，擺出了「捨身大上段」的攻擊架式！

拜諾恩終於看見了他要找的「器具」。

那是一件紅色的東西，但卻收藏在一道玻璃門後面。

沒有時間先打破玻璃了。拜諾恩伸出雙手十指，直接貫穿玻璃，把那「東西」抓住了。

虎之介由於正在拜諾恩的正後方，沒有看見拜諾恩在幹著什麼，他也沒有多加思索。他深信他的「無刀斬」是無敵的——因爲那是人類最高搏鬥技藝與吸血鬼異常力量的結晶。

就是因爲這種自信，虎之介沒有理會原來的計畫，脫離了同來的「暗殺者」而獨自找尋線索，他決心要靠這次立功來提昇自己在「公會」裡的地位。

——我要取代克魯西奧的地位，要全公會承認我才是最強的「動脈暗殺者」！

虎之介雙手垂直斬下。

拜諾恩同時轉身。鮮血淋漓的雙手握住那紅色「東西」的兩端，橫迎向虎之介的攻擊。

虎之介雙掌在接觸那「東西」前剎那，手腕急抖，掌緣在空中拉動。雙掌合起來製造出一道更長、更大的「無刀斬」眞空軌跡！

接著湧來的「空氣刃鋒」迅速把紅色「東西」表面割破了！

虎之介原以爲這一刀足以把那「東西」連同拜諾恩的胸膛斬破。但「氣刃」在進入那紅色「東西」內部時卻停滯不前。

「氣刃」在無形間被中和而消失。

——不可能！除非是鈦合金或鑽石，否則沒有東西可以擋住我的「無刀斬」！……

能夠擋住「氣刃」的，其實是另一股急激氣流。

拜諾恩握在手裡的，是一具壓縮二氧化碳滅火器。

當「無刀斬」的「氣刃」切割開滅火器外殼後，立即遇上了從內裡向外激射出的壓縮氣體。「氣刃」在力量上固然比這些壓縮二氧化碳高出多倍，但壓縮氣體卻在「量」上遠勝於氣刃。只經過約一秒的抗衡，「氣刃」與壓縮氣互相抵消，「氣刃」消失無痕。

但是滅火器內還有近半的壓縮二氧化碳，接續從裂口激射出來，直噴向虎之介的臉部。虎之介以雙掌遮擋，身體向後飛退。

——滅火器只有這一個，我卻可以再發出「無刀斬」！我勝了！

拜諾恩也因爲壓縮氣噴射的反作用力和「氣刃」的推力，身體向後倒飛。他巧妙地翻身，雙足踏在牆壁上反蹬，身體像炮彈射向倒退中的虎之介！

「嗯，很好！」虎之介暗想。「是你自己送上門！你死定了！」

拜諾恩身在半空，兩柄銀色匕首從袖口滑出。

虎之介嚎笑，雙掌自外向內水平劃出弧線，分別從兩側挾擊拜諾恩的頸項！

拜諾恩卻不閃不避，仍全身朝虎之介懷裡衝進去。

虎之介雙掌準備再祭起「無刀斬」——

硬物碎裂的聲音。

虎之介惶然發現：自己失去雙掌了！

——剛才在壓縮氣激噴之下，虎之介本能地以雙掌去抵擋。由於吸血鬼沒有痛感，他沒察覺自己最珍視的雙手，已被氣體高速噴射而造成的低溫所冷凝。接著在迅疾的揮斬動作之下，雙掌終因無法抵受空氣阻力而碎裂！

虎之介已斷去掌部的雙臂仍擊打在拜諾恩頸項上，卻已失去了力道。

因為銀匕首已貫穿虎之介的心臟。

拜諾恩身體翻轉，雙足踏在虎之介肩上，俯身把最後一柄匕首橫架在他喉嚨前。

「告訴我：『默菲斯丹』是什麼東西？」

虎之介嘴角溢血，淒然地說著夢囈似的話：「可惜啊……身為吸血鬼，不可能以切腹之禮自盡……也好，有你為我作介錯(註)……克魯西奧……他會找到你……他會恢復『動脈暗殺者』的光榮……我不甘心……父親大人……」

這時拜諾恩看到，虎之介斷腕處正慢慢重生出新的手掌。他想不到虎之介在被刺破心臟之後仍有如此強盛的再生能力，心中悚然。

——太危險了。還是結束吧。

匕首劃過。鮮血激濺在月台的電影廣告壁畫上，把Winona Ryder半露的胸脯染成鮮紅。

假若是平日的狩獵，拜諾恩必定會立刻把吸血鬼的無頭屍身妥善處理掉。但現在他太累了。背傷因爲剛才的劇烈動作又再破裂。他在疑惑：要是在平時，這麼淺的傷口早已癒合了，現在我卻像患了壞血症的病人一樣……

拜諾恩頹然坐在一張長椅上。幾個流浪漢目瞪口呆地遠遠看著他，他也沒有多加理會。

——我需要一個可以休息的地方，好好把所知的一切組織起來……

註：日本武士切腹自盡時，另安排一人擔當「介錯人」，在完成切腹後立即把武士斬首，以斷絕死者之痛苦，避免死者在劇痛下露出不體面的容姿。

他發現有人走到他跟前。他抬起頭來，看見一個滿身骯髒的老頭，穿著兩件皮夾克，頸上圍了一條看不出原來顏色的毛布巾，左手挽著一把小提琴，右手拿著琴弓。

「你就是剛才在車站裡拉琴的人嗎？」拜諾恩看著老頭苦笑。「很好聽的曲子。」

「你知道自己看來像什麼嗎？」老頭問。

拜諾恩看著自己手掌上的鮮血。「殺人犯。」

老頭搖首。「不。是像一堆狗糞，很大的一堆，不單看起來像，嗅起來也像。」

「你到底想要些什麼？」拜諾恩不耐煩起來了。他只想倒頭大睡。

「沒有什麼想要的東西。」老頭把揹著的小提琴箱放到地上，然後小心得像把剛被哄入睡的嬰兒放到床上般，把小提琴和琴弓收進箱子裡。「只是想問問你，今夜打算睡在哪兒？」

「你不害怕我嗎？」

「有什麼好害怕的？殺人嘛，我也幹過。」老頭把箱子揹上。「有的時候確是有殺人的必要。」

這是個瘋子，拜諾恩心裡想，可是現在這種處境下，也許他唯一能夠求助的只有瘋子。

「你有什麼比較隱密的地方可以讓我睡睡嗎？」

「跟我來。」老頭朝拜諾恩勾勾食指，然後躍下月台踏在鐵軌上。「我保證沒有人找得到你。」他接著朝路軌深處走。

拜諾恩嘆了口氣。

——看來沒有別的選擇了。

他把千葉虎之介的無頭屍體扛在肩上，又把割下來的頭顱挾在腋下，隨著老頭向那黑暗的洞穴走去。

「嗨，可以先告訴我那是什麼地方嗎？」

「說了你也不知道。只能夠告訴你的是，那兒也在地底。」

——噢，也在地底嗎……

拜諾恩驀然懷念起他一向討厭的陽光。

「我也想問你一句。」老頭邊走著邊說。

拜諾恩沒有回應。

「我想知道……」老頭頓一頓，舔了一下嘴唇。「……你就是那個『開膛手傑克二世』嗎？」

拜諾恩在黑暗中喪氣地搖搖頭。老頭並沒有看見。

PH@XQ!Z

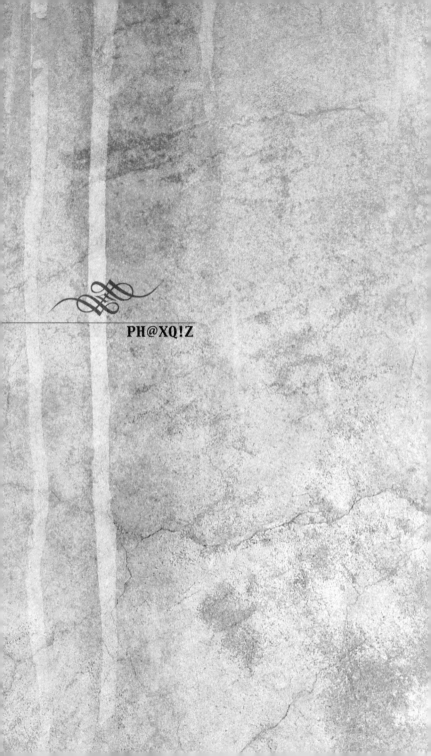

凌晨四時零二分　地底

「速吻」（PH@XQ!Z）在陰森的迷宮廊道中游走，火炬的光焰在吞吐晃動。粗石砌成的牆壁上帶著斑斑血跡，「速吻」不時檢視她的全方位動態掃描器，尋找目標人物的所在。

那個自稱「龍血」（Dragon Blood）的傢伙在各網上新聞群組貼上挑戰書，言明今夜會現身。可是「OmniLand」的虛擬世界相當於四分一個歐陸般廣大，同時連線玩家的最高容納量達二萬七千人，裡面有高山、海島、地下宮殿和巨大城堡，玩家除非互相約定地點，否則很難確切找出一個角色的所在。

不過「速吻」不是一般提著劍和盾牌亂闖的玩家，「OmniLand」對她來說沒有任何秘密可言，她早在三個月前已把這遊戲的程式碼破解殆盡——對她而言解碼比遊戲本身要有趣得多。

「速吻」原本早已厭倦了「OmniLand」。這次再度上線的原因，是她的一個「姊妹」在這裡被那個「龍血」用具有性意味的言語當眾羞辱。後果當然是決鬥。最後這位「姊妹」所扮演的女神箭手，被那個級數八十五的魔法師用咒語打進了亞空間而消失。這事件在許多玩家網頁上都有報導。

「速吻」不能容許這種事情發生，她決心要教教「龍血」一點網上的禮數。她以自己編寫的搜尋程式，確定「龍血」就在這座地下迷宮裡。

「來了！」「速吻」在ＬＥＤ顯示眼罩下的雙目亮了起來。

就在地牢走廊的深處，身穿銅色鱗甲，手握蛇狀魔杖的魔法師出現了。他足底仍冒出煙霧，顯然剛施展了透壁魔法，穿越天花板降到這一層來。

「哈哈……」「速吻」的耳機傳來獰笑聲。「你聽過我的名字吧？」

「速吻」索性把耳機拿下，她的耳機和麥克風只用於跟友善的網友交談。

「速吻」驅動了另一個叫「金字塔」的子程式後，對方的級數、屬性、武器及盔甲裝備、攻擊力、防禦力、魔法元氣、咒語種類等資料全都顯示出來。果然是個很強的魔法師。

她知道對方此刻在想什麼。「龍血」也一定在用「金字塔」調查她——這個程式隨處都可以下載。「速吻」只是個級數三十八的游俠女戰士，「龍血」必定以為又找到一個輕鬆的獵物吧。

這時「速吻」默默啓動第三個程式——這是她自行編寫的，命名爲「神之震怒」。

然後一切都如水晶般透明。這被「OmniLand」無數玩家網頁列爲頭號通緝犯的魔法師，果然又是個作弊的傢伙：高達二六五〇的魔法元氣、防禦力附加三〇〇%的神聖鱗甲、能夠無限次發射火球彈的蛇杖……以至角色一切經驗値、屬性等，全都只是一夜之間用外掛程式篡改出來，而不是在虛擬遊戲世界裡經過長期的冒險和修煉得來的。

當然，「速吻」自己也使用這些外掛程式，但她只是爲了享受破解密碼的樂趣，「龍血」卻是純粹的破壞者，「死」在他手上的角色多達三八六人。當這些人誠心相信「OmniLand」的虛擬世界，在裡面冒險、交談、買賣、組織教團和公會，建造城堡、坐船旅遊時，這傢伙卻用卑污的手段剝奪他們的樂趣。

「速吻」迅速宣告了「龍血」的死刑。

她按下Ｆ９鍵。

「神之震怒」產生了作用。「龍血」所使用的「OmniHack ver.3.32」外掛程式被廢止了，顯示器上的屬性數值急降，神聖鱗甲變成一般武器店也有出售的廉價貨：魔法元氣只餘二四○。「龍血」暴露出他的眞面目：一個只有十六級的平凡魔法師。

但是「龍血」自己仍不知道他的僞裝已經脫落，他揮動了蛇杖。

熊熊燃燒的火球彈朝「速吻」撲面射來。

「速吻」微笑，她懶得動一動搖桿，火球彈正面打在她身上，生命能量的顯示棒卻沒有縮短半分。

「速吻」本來想再多玩弄對手一會兒，可是「龍血」經過這失敗的一擊，很可能已發現不對勁，還是趁他關掉電腦或拔掉電話線之前動手吧。

「速吻」熟練地發動女戰士背上的火箭推進飛行器，兩旁牆壁飛掠而過，女戰士閃電到達近戰距離。

「龍血」還沒來得及反應前，游俠女戰士揮起巨大的雙手劍。

力量屬性二九○，靈巧屬性三一五，加上神劍的附加魔法值，這一斬擊破壞力爲二四○○至三○○○點，命中率二七○%。

巨劍斬裂了「龍血」的鱗甲。鮮血激飛（因爲尺度問題，血液被繪成黑色），「龍血」的肉體化爲綠煙蒸發消失，散下一地的金幣、五只魔法指環、火球蛇杖、黃金頭盔和已破壞的鱗甲，還有一隻斷指。

「速吻」對其他東西不屑一顧，只把斷指撿起。她按下「查看」鍵後，斷指即顯示出被殺者名字、級數及日期。這是向好友展示戰績的紀念品。

這時她感覺到，在眞實世界中有人正走近她。她徐徐把ＬＥＤ眼罩脫下了。

她的眼睛經過大約四秒鐘才能重新適應自然光。她看見兩個渾身髒兮兮的男人——拜諾恩與那個揹著小提琴的老頭。

拜諾恩端詳著這個女孩子。戟豎的黑色短髮，因爲脫下眼罩而弄亂了，不過看來原本就修剪得不怎樣整齊。兩邊臉頰顯得有點胖——應該是吃太多速食品和糖果的結果，卻長得出奇地美麗。黑眼睛細長而明亮，沒有任何化妝——這似乎是明智的，化妝品只會掩蓋了她五官間那股洋溢的生氣。

少女穿著一件帥氣的黑色皮夾克，胸口釘著一面銀色的金屬片，上面刻著外星人的頭像；沒有任何飾物，卻在頸項間掛著一個塑膠表面的黃白色通行證，附有她的照片，上面只有幾串數字組合和「全區域通行」字樣；腰帶上掛著的行動電話有如西部牛仔的手槍；黑色牛仔褲與Dr. Martens黑皮靴。

少女半張著嘴巴凝視拜諾恩的臉，然後驚異地微微搖頭。那種驚疑的表情不像是看見可怕的東西，反倒有如發現了新出品玩具的孩子一樣。

「你……」少女指著拜諾恩。「哇塞……眞幸會了，是本人呢……『傑克』先生……」

拜諾恩苦笑著搖頭。「我的天。難道我的樣子眞的太像殺人狂嗎？」

「不會吧？我剛剛才看見過你的照片呢。」少女伸出的手指變成手掌，與拜諾恩熱烈地握手。「你好。我叫『速吻』。」

「這是什麼名字嘛？」

少女一指電腦。「是在裡面用的代號啊。不喜歡的話，你叫我里繪好了。」

「妳是日本人？」

「半個。母親是美國人。」

「妳剛才說……照片？」拜諾恩看看四周：一個小洞窟，唯一的照明來自電腦的十七吋顯示器——有三台之多。另外有一部已打開的PowerBook筆記型電腦。桌上又放滿一堆看不出用途的電子儀器、小工具、疊得高高的電腦磁碟、日本動畫的機器人玩偶……這些矽、塑膠與金屬呈半圓弧把里繪的座椅包圍了。沒有其他的椅子，拜諾恩只好繼續站著。

里繪狡猾地微笑，然後轉身，熟練地操控著滑鼠。

「我把它們存了下來……你自己看看。」

拜諾恩看見了：螢幕上出現一幅圖畫。是鉛筆素描的警方拼圖。畫的正是拜諾恩現在的樣子。

「妳……妳從哪兒……」

「當然是市警的檔案庫了。」里繪說。「那兒的保安差勁透了。要不是閣下的名氣這麼大，我可懶得碰一碰呢。」

「我明白了，原來妳是個電腦叛客（Cyberpunk）……」

「是Hacker〔註二〕。」里繪很認真地更正。由於無法分辨兩個詞語的差異，拜諾恩沒能答上話。

「還有更有趣的東西。這個可花了我一點工夫呢。」里繪又打開另一個圖片檔。

我的天，拜諾恩暗罵著。

那是他在特工處時的證件照片，頭髮比現在短多了，鬍鬚刮得乾淨，樣子看來也比現在健康許多。

「這是FBI從昆蒂科送給倫敦警方的資料。」里繪一想到正在跟資料中的人物面對面談話，感覺怪怪的。「原來你在兩年前已經開始『幹活』了嗎？」

「妳不害怕我嗎？」

「本來應該害怕的。」里繪站了起來，上下打量拜諾恩，目光停在他大衣已乾的血漬上。「可是一想到竟然能夠與這麼有名的人會面，就像……」

「就像發現『貓王』還沒有去世嗎？」

「我只有十八歲啊。你跟我談『貓王』沒有什麼意思。假如你說Kurt Cobain會比較貼切。」

「我比較喜歡『既視現象』的夏倫〔註二〕。」拜諾恩微笑。他覺得這個女孩有趣極了。「妳大概沒有聽過這樂團吧？」

里繪聳聳肩，不置可否。「何況我已跟你認識了，我又不是妓女，我想你大概不會殺我吧？」

「很難說啊，甜心。」一直站在一旁的老頭插嘴說。「我剛剛才看見他殺了個男人。連頭也砍下呢。剛才我還幫助他把屍體燒掉了。」

一聽到「殺人」這詞，拜諾恩感到有點惱怒，但怎樣也無法向他們解釋吧？

「聽妳的口音是在美國長大的吧，怎麼會在這裡？」

「我可以說已經沒有國籍了。，這兩年都在東藏西躲的。」里繪嘆了口氣。「你從前的夥伴——特工處那些傢伙，一直在盯著我。」

「爲什麼？」拜諾恩有點驚奇。怎麼看她都是個不會傷害任何人的女孩。

「很簡單。我們Hackers認爲資訊自由是公民權利，他們則稱之爲『危害國家安

註一：Hacker泛指擁有破解、入侵電腦系統之技能及知識的人士，並非專指電腦犯罪者。

註二：「蛇王子」約翰·夏倫，六十年代末迷幻搖滾樂團「既視現象」主唱，拜諾恩首次遇上的吸血鬼。參閱前作《惡魔斬殺陣》。

全』。他們雖然比我們笨得多，卻有花不完的錢啊。逼得太緊了，只好來歐洲躲躲。」

「壞女孩。」老頭又插嘴了。

「你很討厭啊，理查。」里繪扠著腰。「回到大夥那兒去吧。他們大概在等你開演奏會。」

老頭理查很聽話地離去了。

「對了。」里繪突然湊到拜諾恩跟前。「可以吻吻我嗎？」

「是想得到名人之吻嗎？對不起，要讓妳失望了。」拜諾恩坐到她的椅子上，「我不是『傑克』。是警察誤會了。」

里繪咬著下唇。

「喂，拜託不要露出那種表情好嗎？」

「那麼你是什麼傢伙？」

「爲什麼這兩年來，每個人都問我這個問題？」拜諾恩苦惱地說。「好吧。我只能告訴妳：我來倫敦是爲了抓這個『傑克』。滿意了嗎？」

「你看見過他嗎？」里繪的眼睛發亮了。

「還沒有絕對確定。妳可以幫助我嗎？」

「當然了。可是在這以前，你最好還是處理一下背上的傷口吧。」

「妳怎麼知道？」

「從你的坐姿就看出來了。」里繪拉著拜諾恩的手，把他從椅子牽起來。「而且你髒得像剛從糞坑裡爬出來一樣，最少也洗個澡吧。來，讓我帶你到醫院去。」

「我不能上醫院啊。睡在病床上等警察來抓我嗎？」

「理查大概還沒有告訴你，這兒是什麼地方吧？我說的是這兒的醫院。」

「這裡是……」

「不就是地底嘛。」

「你應該知道，倫敦地鐵是全世界最早的地鐵系統吧？在一八六三年正式啓用。在那個時候由於技術還沒有成熟，挖掘工程的計畫與施行出現了許多偏差，挖錯的通道有許多。

「另一個問題是：自中世紀以來，倫敦許多古堡、大宅都有關建地下室，後來隨著歲月過去，地面上的建築被多次拆毀、重建，區域也重新規劃了，加上舊地圖大都散失，這些地牢便給遺忘了；直到建造地鐵時，挖掘工程往往因爲遇上這些地牢而被迫中止和改道。這又把地底通道的數目增加了，構成一個沒有任何用途的地下迷宮。

「沒有人知道是何時開始，但大概是在上世紀末吧，漸漸有些無法在地面世界生活的人秘密移居到地底來。傳說最初的一批人是罪犯。一直持續到現在，便是今天你看見的『地底族』。」

拜諾恩邊走邊聽里繪的介紹。他不停地留意沿途所見的人：大多都是衣衫襤褸的流浪漢，但也有像里繪的年輕人——他們紛紛與里繪打招呼，然後又埋首於電腦、遊樂器或是圍起來抽大麻。

很和平的氣氛。有一個看來是中世紀堡壘地牢的寬廣石室，充當了聚會的大廳，四處散佈著破舊的沙發和床，人們坐臥著看書、談話、演奏樂器、飲食、抽菸……石壁上掛滿了從地鐵站撕下來的電影廣告海報、國旗、名人肖像、名畫的複製品……那種輕鬆而簡樸的生活氣氛，有如三十年前嬉皮的公社（Commune）。

「我不明白。」拜諾恩說。「你們如何維生？我是指資源。」

「有什麼困難呢？城市就在我們頭頂上啊。城市的本質就是不斷地浪費。稍動點腦筋，從那巨大的消耗量中取來一點點就夠了。只要你的要求不太高。用個例子來說明清楚吧：全美國的家庭電器——例如咖啡機、微波爐等等，它們上面那個小小的計時鐘的照明所耗用的電量，相當於希臘、秘魯與越南三個國家的耗電量總和。同樣的道理，一個倫敦市只要擠出那麼少許資源，就夠『地底族』花用了。這個世界有夠荒謬的，是嗎？」

「妳呢？妳是怎麼找到這兒的？」

「一個在女同性戀者網上新聞群組認識的朋友，把這兒介紹給我。她其實是雙性戀者。」

「她是妳的愛人嗎？」

「我還沒有確定自己的性取向啦。」里繪輕鬆地說。「我悄悄告訴你原因吧：我還是處女。在一九九九年還有十八歲的處女，驚奇吧？」

拜諾恩無言以對。

「到了。」里繪指向一個石窟。「這兒就是醫院。」

□

拜諾恩穿著一條借來的寬鬆褲子，赤裸上身俯伏在一張灰色沙發上。

里繪把他脫下的衣服收進一個塑膠袋裡，準備拿去清洗。

「切記不要丟掉那件大衣。雖然破了，可是很有紀念價值。」拜諾恩說。

「我找人把它縫好吧。放心，這兒有個很好的裁縫。」

里繪說著時，那個她叫做「柏德烈醫生」的男人就拿著針線到來。

「好了，我來替你的傷口縫線吧。」柏德烈醫生說。「我先看看傷口有沒有感染。」

拜諾恩想不透，假如這個柏德烈眞的是醫生，何以會加入「地底族」。

里繪猜出了拜諾恩眼中的疑惑。「柏德烈醫生數年前才坐完牢。因爲一個病人死亡而被判過失殺人。其實是醫院的上級把責任推到他身上。可憐的醫生。」

柏德烈醫生檢視拜諾恩背上的傷口。「似乎有病菌感染啊。傷口外圍呈灰黑，而且有輕微的壞死……」

「醫生，請你把傷口附近的肉都割去，然後再縫針吧。」拜諾恩冷冷地說。

柏德烈悚然。「雖然有中毒的徵兆，也不必用上這麼殘酷、古老的方法吧？」

「醫生，我們等會再談。」拜諾恩的臉轉向里繪。「妳還是先離開吧。我有些事情，希望妳能夠替我調查。」

「說吧。」里繪把塑膠袋抱住。

「首先替我問問這裡的人，有誰認識或聽過『布辛瑪』這個男人，或是一個叫歌荻亞的女人。」既然「布辛瑪」也住在地底，「地底族」中說不定也有人曾接觸過他們。機會雖然不大，問問也無妨。

「另外要藉助妳在網路上的專長：妳已經知道幾小時前在巴福特街發生的事情了吧？請調查一下我被警方沒收的東西收藏在哪兒。最重要的是貓兒——我的貓，公的，全黑色。找找牠在哪裡。」

「這太簡單了。若是在平日我是懶得幹的。」里繪揚揚雙眉。「對於Hackers來說，解碼、闖入系統主要不是爲了取得資料。我們享受的是解決難題的過程。所以從前幹過的事我們是絕不重複的——世界上有太多新的難題了，重複過去的只是浪費生命和思考力。這就是爲什麼我們要頻繁地交換各種情報和方法——讓同伴不必重複自己已經做過的事情，把精力花在未被發掘的領域裡。

「不過這次爲了你這外行人而破例吧，而且我喜歡貓，有機會把牠介紹我認識。牠叫什麼名字？」

「波波夫。」

「很好聽啊。」里繪天眞地笑。「對了，我應該怎麼稱呼你？拜諾恩先生？不行……尼古拉斯？發音太長了。就叫尼克吧，好嗎？」

拜諾恩點點頭。

「待會見，尼克。」

拜諾恩瞧著里繪的背影，她的聲音在他腦海裡迴響，過去只有慧娜用「尼克」來稱呼他。

「好吧，醫生。按照我剛才的去做。不用麻醉。」

「你……瘋了嗎？」

「有重要的工作等待著我。我不想被麻醉藥弄得昏昏沉沉。」

事實是：拜諾恩不能肯定，自己被麻醉之後會有什麼反應。他已逝的恩師彼得・薩吉塔里奧斯〔註〕，當初就是用催眠和迷幻藥來引出拜諾恩靈魂裡的吸血鬼本性，從而確定了他「達姆拜爾」的身世。

柏德烈把傷口的灰黑壞死部分切割下來，並且用針線把傷口縫合了。

「醫生。」拜諾恩坐起身子。「這『醫院』有血庫嗎？請你隨便找一袋血液給我。」

柏德烈依言走進一個房間，不久便把一個注滿血液的密封塑膠袋找出來，因爲冷藏的關係，袋子表面結著水珠。

拜諾恩把血袋搶過來。「行了，醫生。謝謝你。可以出去嗎？我想休息一下。」

柏德烈未能確定拜諾恩的意圖，卻本能地對這個奇異的陌生人感到有點恐懼，他點點頭，迫不及待離去了。

註：彼得・薩吉塔里奧斯，暱稱薩格，英國貴族，世上最偉大的吸血鬼獵人。請參閱《惡魔斬殺陣》。

拜諾恩確定沒有人在看自己之後，用牙齒把血袋咬破，然後往嘴巴裡灌進冰冷的血液。

他迅即感覺到背上的傷口在自動癒合，心裡鬆了一口氣。

——眞是漫長的一夜。

N・拜諾恩之日記【II】

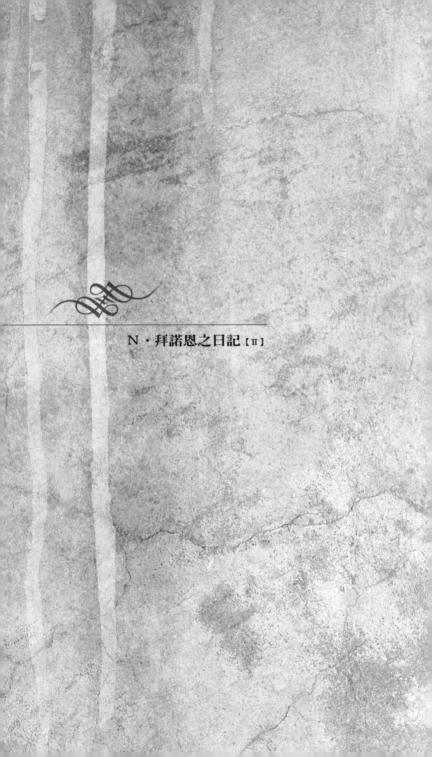

十二月二十四日

寫這篇日記，是要把這夜遇到的事情理出一個頭緒來。是在從前立志當作家時養成的習慣吧：在思考一些複雜的事情時總要拿筆。

毫無疑問，我在地底迷宮裡遇上那個穿著皮革圍裙的奇怪傢伙，就是「開膛手傑克二世」，甚至可能也就是一百一十一年前那個初代的「開膛手傑克」——一想到他跟吸血鬼的密切關係，這個可能性就更大。

那傢伙曾說過，「布辛瑪先生」是給予他「新生命」的人；在地鐵站裡的「動脈暗殺者」千葉則說「布辛瑪」是「傑克／默菲斯丹」的父親（千葉尾隨警方的行動而把我誤作「傑克」）。這兩句話具有相近的意思。

另一證據是我背上的傷口。那傢伙從手指頭長出的尖骨，無疑能夠破壞我血液裡吸血鬼因子的自行痊癒機能。現在仔細想，這種破壞力並不在那「骨刃」本身，而是「骨刃」從他的手指長出時所沾染的血液——千葉曾經說過「你的血無法沾上我」正是這意思。那傢伙體內的血就是吸血鬼的毒藥！

假如世上眞的有「吸血鬼公會」，「傑克」對他們來說自然是一個大患，値得派出像千葉般的菁英來消滅他。

「布辛瑪先生」又是另一個謎。從千葉的口氣聽來，他顯然跟「公會」敵對。這也許是他要創造出「傑克／默菲斯丹」這個怪物的原因。然而他既然握著這張王牌，何以仍要躲在地底深處？爲何又要讓「傑克」到外面四處殺害、肢解妓女？難道「布辛瑪」對自己的創造物失去了控制？……

想到這裡我稍稍鬆了一口氣。至少我親眼看見，「傑克」跟我並不是同類。最初聽到千葉說，殺人魔「開膛手傑克」跟我一樣也是吸血鬼的兒子時，我馬上想起了自己親手捏死慧娜的那個噩夢……

「傑克」的血能夠破壞吸血鬼的因子！說不定他就是我一直在努力尋找的東西！讓我從「達姆拜爾」恢復爲正常人類的鑰匙！

這太重要了。慧娜、我的人生，要重新得到這些，我要擋在「暗殺者」之前找到「傑克」——不，我要找的應該是「布辛瑪」。他能夠創造出這吸血鬼的剋星，必定知道許多關於吸血鬼因子的奧秘。也許正是因爲他擁有這些危險的知識，才會成爲「吸血鬼公會」的敵人……

「吸血鬼公會」——到現在爲止我仍無法完全接受這事實。連畢生鑽研吸血鬼的薩格也從沒發現它的存在，它的規模有多大？像千葉虎之介這樣可怕的「動脈暗殺者」有多少？千葉死前提及過，還有另一個叫「克魯西奧」的同伴到了倫敦來。從他的語調聽來，「克魯西奧」必然是一個厲害的傢伙……再加上擁有驚人速度的「傑克」，現在連兵器都失去了的我，是他們的對手嗎？

噢，波波夫，牠現在一定在警察局裡頭吧。希望那些笨警察對他好一點。

在房間裡那個拿槍指著我的，倒是個出色的警官。從口氣聽得出他是最高級的一個，卻不避危險走在最前線。這種好警察已經越來越少了，應該找個機會向他提出警告……

太累了。還是先睡一覺吧。

永恆之書

十二月二十四日　凌晨四時十分　地底

寬廣的麻織畫布緊繃在木框裡，粗糙的布面上細緻地描畫著一頭奇異的野獸：紅色鬃毛飛揚的獸臉像獅子，額上卻突出三根彎長而尖銳的犄角；六條健腿牢牢踏在熊熊焚燒的柴火上；長尾如蟒蛇在半空中盤捲；獠牙暴突的嘴角溢出欲滴鮮血；三隻像人類的眼睛神情各異，一隻凶惡，一隻歡樂，一隻哀傷。

石室裡迴盪著華格納雄壯的交響曲節奏。油畫底下的一張矮几上，放著一部黑色的精裝厚舊書，打開的一頁這樣寫：

「……凡背叛的，吾等必將祈求黑暗降臨於他。因爲背叛是美麗的罪行，乃吾主兒女的遊樂……卑劣的人有福了，他們離覺悟不遠……你們務要牢記，那唯一不可違背的就是黑暗……吾主的先知，那額上有五芒星印記的智者，必將取回背叛者的永生……」

坐在矮几旁的布辛瑪沒有看一眼。這些文字他已讀過無數次。《馬撒達詩歌》第八章九至十二節。他伸手把書闔起來，封皮上以燙金字印著《永恆之書》的英文名稱，下面還有一行細小而形狀不可辨的奇怪字體。

乍看布辛瑪，猶如希臘神話中驕傲的美少年。俊美得過份的臉看來只有十四、五歲，唯一可以批評的只有那頭不夠光亮的微鬈棕髮；還未完全發育的瘦小身體，架起一套樣式古老卻潔淨的西裝，胸前的金色錶鍊輕輕晃動；尖細得像女性的手指支著額頭，遮掩了苦惱的眼神。

歌荻亞仍然穿著巫女的黑衣，跪伏在布辛瑪的沙發旁。她的右手與布辛瑪的手掌扣緊在一起，兩隻手上戴著相同樣式的藍寶石戒指。

「妳……還在害怕嗎？」布辛瑪把支額的手移開，關切地凝視歌荻亞。他把她輕輕牽到自己膝前。

「我總是替你添麻煩……」歌荻亞說。從外表看來，她像布辛瑪的姊姊多於愛人。「可是我想不透，那個獵人竟有這樣的力氣……」

「我想，那傢伙是個『達姆拜爾』。」布辛瑪淡然說。

「『達姆拜爾』？那是什麼？」

布辛瑪撫摸歌荻亞的臉。「假如我跟妳生下一個孩子，他就是『達姆拜爾』。他將繼承我的力量，卻同時能夠像人類般生存……」

「有這個可能嗎？」歌荻亞的眼睛亮起來。「我們能夠生孩子嗎？」

「受精機率大概比一個硬幣掉在地上時直立靜止還要低。」布辛瑪嘆息。「即使生下來，生存率也要用小數點後八個位數計算。唉，要是這麼容易得到一個『達姆拜爾』作兒子，我就不用辛苦創造出『默菲斯丹』……」

「那麼說，我這晚遇上了一隻極稀有的怪物嗎？」歌荻亞露出歉疚的神色，緊抱著布辛瑪的腿。「對不起，要是我能夠把他帶回來，說不定對你有點幫助……」

「不要道歉。」布辛瑪握起她雙手，在她額上輕吻一下。「那超乎了妳的能力。」

他把歌荻亞抱起，放在自己膝上。她的身體雖然比他還要高大，但在他手上卻輕如紙造一般。她把臉緊貼他的頸窩。

「竟把連一千年也難得出現的『達姆拜爾』也吸引來了，嘿嘿……」布辛瑪的神情透著與臉孔不相襯的世故。「事情變得越來越有趣……時間不多了。我的『傑克』啊，你在那兒？沒有了你，一切都完了……」

早上十時二十三分　地底

拜諾恩醒過來時，第一眼看見的是里繪，她正把嘴裡的紫色泡泡糖吹成網球般大，手裡捧著一杯濃濃的黑咖啡。

「噗」的一聲，紫色的泡泡糖爆破了。

「睡得還好吧？」里繪把咖啡遞給拜諾恩。

他在沙發上慢慢翻起身體，啜飲已半冷的咖啡。

「要吃點什麼嗎？」

拜諾恩搖搖頭。他感到冷極了。里繪早已把洗淨的衣服疊放在一張椅子上，黑皮大衣掛在椅背。他把杯子放在地上，拿起大衣。

「慢著，讓我看看。」里繪跑到拜諾恩身後。「哇！不得了！已經結疤了嘛！這是……你施了什麼魔法嗎？」

拜諾恩匆匆披上大衣。「拜託妳調查的事情怎麼樣？」

「你的東西嗎？我進入市警的資料庫看過。最初送到警局時，全都送進了證物庫登記。」里繪掏出PalmPilot查看。「大約半小時後，一位叫龍格雷的警官把它們全都提取出來了。這個龍格雷是蘇格蘭警場的人，看來就是由他主管『傑克』案件的調查工作。不過他這個主管當不久了。明天就是聖誕節，再破不了案，許多人要丟官。」

拜諾恩想，龍格雷就是那個在房間裡等待他的警官。

「你的東西可真多：三呎八吋長黑色皮革行囊一具；二呎四吋長鋼製鐮刀兩柄，各連接八呎長鐵鍊，刀柄上有臉譜雕刻；五吋半長飛刀三十八柄……」

「貓兒呢？」拜諾恩不耐煩地打斷她的話。這女孩眞是個「資料狂」。

「沒有記錄。也就是說還沒給送到『愛護動物協會』之類。也許暫時仍由警察照料吧……我們現在也算是伙伴吧，應該有權利知道，你帶著這麼多刀子幹什麼吧？你……眞的不是『傑克』？」里繪的眼神中帶著期待。

拜諾恩心裡在嘆息，現在的世界怎麼了？竟培養出這種奇異的女孩。「狩獵。」拜諾恩神情木然地回答。

里繪沉默端詳著他好一會，然後搖搖頭。「算了。反正再問多少次你也不願意說。」

「事情變得複雜了……」拜諾恩自言自語，抓起白襯衫穿上。

「你要出去嗎？不怕被抓？」里繪收起PalmPilot。

「我怕。」拜諾恩整理一下衣領。「所以才要到警察局走一趟，把事情搞清楚。也順道把我的東西拿回來。」

里繪興奮得幾乎跳起來。

「太酷了！我可以跟你一起去嗎？已經兩個多月沒有到過上面了。這麼刺激的場面我早就想見識見識。」

「妳不是正被特工處通緝嗎？還有比那更刺激的事情嗎？」

「雖說是通緝，可是Hacker到底不是暴力罪犯嘛。這次可大大不同呢。對了……」里繪從口袋掏出一串鑰匙。「你需要車子吧？我有呢。藍色的九二年『本田』，一點兒也不顯眼。怎麼樣？跟女孩子一起走，可以減低你的可疑程度啊。」

拜諾恩再次嘆息。

「麻煩妳先到外面一會兒行嗎？我要把這難看得要命的褲子換掉。」

同時　蘇活區

The easier we feed our Lust（我們越容易滿足自己的肉慾）
The further we exile ourselves from Love（便越往愛情的遠方自我放逐）
Seized by the Army of Information（在資訊大軍的俘虜下）
Who massacre us with the Gas of Dualization……（我們慘遭二元化的毒氣屠戮……）

夢囈般的詩句獨白與複雜的電子音樂交織，從廉價的擴音箱中鳴放，鼓盪於漆成黑色牆壁之間。

其中一面牆壁排滿了九個電視螢幕，播放著不同的地下色情片：一個倒吊的女人全身緊裹在黑皮衣裡、只露出鼻孔、嘴巴、穿著銀環的雙乳和陰部，一個全身古羅馬侍衛服飾的壯碩男人正向她身上撒尿；仍未完全發育的赤裸少女，與一頭幾乎比她還要大的狗纏在一起；兩個南太平洋島嶼的土人在蹂躪一個孕婦……

We can't determine how much a Life weighs（我們無從權衡生命的重量）

Until it dies in a Bizarre Way……（直至它死於非常……）

小房間裡傢俱不多。正中央是一張大床，床單、被褥和枕頭都是黑色。丹尼爾·迪·齊勒暴露出全身白皙的皮膚和金色的毛髮，卻仍穿著那雙他最愛的皮靴。

被他身體壓著的裸體女人，擁有東方人的嬌小身段，昨夜穿著的紅色背心裙，早已被撕成碎片散在床邊。她的身體也好不了多少，十幾處碎裂的骨頭。失去四顆牙齒。鼻頭的肌肉和右邊耳朵此刻已在齊勒的肚子裡。短短一小時裡她已不知昏迷和因痛楚醒過來多少次。

We pray together for Immortality（我們一同祈求長生不死）

Yet know nothing about Eternity……（卻對永恆一無所知……）

Don't criticize our Hypocrisy（不要批評我們的偽善）

We are the Poorest People in the Richest Country……（我們是最富有的國度裡最窮困的子民……）

一個身穿黑色皮夾克和牛仔褲的青年靜靜坐在一旁。他手裡拿著一個皮夾，垂頭盯著透明封套內的機車駕駛執照。駕照上貼的是他自己的照片，他的眼神卻像看著陌生人。駕照上登錄的名字是「泰利．威克遜」。

「我眞不明白。」「泰利」說話時沒有抬起頭。他的嘴巴動作很僵硬，聲音有點含糊——與死在希斯羅機場洗手間裡的馮．巴度的聲音一樣。「寶貴的血液，你卻花費在勃起之上。」

齊勒的臀部動作並沒有停下來。「你想千葉是不是死在『默菲斯丹』的手上？」

「不知道。」「泰利」抬起頭，無意識地瞧著電視螢幕裡的荒謬畫面。「可是不像。千葉的屍體雖然被燒過，但我看得出在被燒之前並沒有潰爛。要是『默菲斯丹』殺的，根本用不著燒屍，千葉會化爲一灘濃水。就像崔斯一樣。」

崔斯是齊勒的同僚，一起被「吸血鬼公會」派駐在倫敦，負責監察會員的行爲。兩星期前崔斯神秘遇襲，身體潰爛溶化。齊勒把這奇異的死狀向上級報告。

消息令「公會」的長老爲之震驚。能夠這樣瓦解吸血鬼身體的，就只有「默菲斯丹」的血液。而「默菲斯丹」在倫敦出現，表示了「吸血鬼公會」史上最重要的叛徒布辛瑪也匿藏在這城市。

崔斯遇襲之前一直在調查「開膛手傑克二世」的行蹤——「公會」曾懷疑「傑克二世」也是吸血鬼，而這樣引人注目的殺戮行爲違反了「公會」的規章。事件發生後，「公會」斷定了「開膛手」就是「默菲斯丹」。長老毫不猶疑地一致決議，派遣兩名精銳的「動脈暗殺者」到倫敦。

在齊勒的衝擊下，女人又半醒過來，發出絕望的呻吟。齊勒獰笑著，犬齒漸漸變長。他的動作更激烈，女人的陰部被撕破了，那是他熟識無比的美妙聲音。

他第一次聽見這種聲音時還沒有變成吸血鬼——在巴黎郊區一個馬棚裡，當他把亢奮的陽具塞進處女的陰道時。

已經是二百年前事情。在巴黎。那是一個風雲急變的時代。連國王的頭顱也與身體分開了。丹尼爾・迪・齊勒一夜間從貴族子弟變成四處潛匿的喪家犬。革命之前他仗著家族的權勢，姦污過三十多個平民少女，燃燒著復仇火焰的暴民正渴望看見他登上斷頭台……

如今那些要他命的人的骸骨已化爲塵土，他卻仍在享受肆慾的第二生命。他由衷地感謝那位帶引他進入吸血鬼之道的長老。他曾問那長老爲什麼要挑選他，答案十分簡單：「你擁有一顆邪惡的心。」

善惡觀念從小並不存在齊勒的心中。父親的教導很清楚：世上唯一重要的東西，除了生命以外就是權力。革命把父親的頸項砍斷了，同時也證實了他的教誨。

回憶起過去的惡行時，齊勒到達興奮的頂點，他拔出陽具。吸血鬼的精液噴射在女人血肉模糊的臉上，一秒間便蒸發無痕。

齊勒仰躺在女體旁，發出滿足的嘆息。「克魯西奧，我不明白。那『默菲斯丹』究竟是什麼東西？」

「泰利」／克魯西奧收起手上的皮夾。「你有讀過《永恆之書》吧？在〈索蘭記〉裡詳細記述了第三次吸血鬼戰爭的事蹟。那是千多年前的事情了。」

齊勒讀過：那是一場漫長的戰爭，由「噬者」、「血怒風」跟「鴆」三族爭奪吸血鬼世界的霸權，持續逾百年之久。

吸血鬼三大部族裡，「噬者」起源於東、南歐區域；「血怒風」散居於北非及中東；「鴆」則是最神秘的部族，只知其祖先來自「遙遠的東方」。

「到了戰爭末期，『噬者』一族——也就是現在『吸血鬼公會』的祖先——已經處於極端劣勢……」

「我知道。」齊勒回答，「戰爭英雄尤夫·索蘭就在這時崛起，把戰局扭轉過來……」

「那並不是全部的事實。眞正的英雄其實是『噬者』一族裡一個學者，他從古老遺蹟中發現了『默菲斯丹』的創造法。古語『默菲斯丹』的意思也就是『活死人的殺戮者』（Undead Killer）。」

「『噬者』組成了一支只有十人的『默菲斯丹』特攻隊，僅花了一年便把其餘兩族殺得片甲不留，徹底將之擊潰吞沒，吸血鬼世界從此復歸統一。」

「然而『噬者』不知道自己已經釀成了災禍。曾經是王牌兵器的『默菲斯丹』，據說擁有『既非屬於光明也非屬於黑暗』的瘋狂意志，反過來向『噬者』展開攻擊。在這場災禍中，三分之二的吸血鬼人口被『默菲斯丹』的血液溶化了，最後『噬者』一族才成功把大地上最後一個『默菲斯丹』消滅掉。」

「此後『默菲斯丹』的創造秘密被封存在古殿的最深處。『噬者』的執政團演變成現在的『公會』長老，他們立約永不再開啓這秘密，而它也在歲月中被遺忘了……直至一百二十年前，布辛瑪背叛『公會』出走時把這秘密偷去了，長老們才記起曾有這可怕的兵器存在。」

「一百二十年前嗎？」齊勒坐起身子。「初代的『開膛手傑克』也是差不多在那時候出現呢……難怪千葉那傢伙這麼肯定，『傑克』就是『默菲斯丹』。對了，爲什麼這些歷史在《永恆之書》裡都沒有記載？」

「有的，在《索蘭記》的原文裡。『公會』長老爲了保密之故，把它們從《永恆之書》的一般版本中刪去了。要不是接受了這次任務，我也沒資格閱讀原文的古卷。」

「那麼……你爲什麼告訴我？」

「因爲我看透了你是個膽小畏縮的傢伙，絕不敢洩露這些秘密。」克魯西奧面無表情地說。「而且這次任務太重要了——消滅『默菲斯丹』對『動脈暗殺者』來說是無上的榮譽。先讓你掌握了背景，以免你壞了大事。」

齊勒怯懦地縮起肩膀。「這麼厲害的東西，我們要怎樣應付？」

「當然是先找出布辛瑪。」克魯西奧說。「當年『噬者』經過慘烈的戰鬥後，才找出『默菲斯丹』唯一的弱點：它絕不會攻擊親手創造它的主人。『噬者』用這方法輕易消滅了其中七名『默菲斯丹』，但另外三個的主人早已戰死了。結果『噬者』犧牲了上千的戰士才把它們燒成灰燼。

「原本的計畫是由我控制布辛瑪，接近『默菲斯丹』並且分散它的注意力，讓千葉以不用接觸身體的『無刀斬』下手。千葉那貪功的傢伙卻先折了……」

「要等長老再派另一個『暗殺者』來嗎？」

「你要我在長老面前丟臉嗎？折損了千葉，我已經負上重大責任。就由你協助我吧。」

「我？」齊勒惶然站起。

「你不用動手。」克魯西奧盯著床上奄奄一息的女人。「布辛瑪和『默菲斯丹』都是我的。我需要這功勞來抵償失去千葉的責任。」

「我們現在要怎樣做?」

「先到警察局一趟,看看他們昨晚查出了什麼。不管殺死千葉的是不是『默菲斯丹』,我都要弄個清楚,說不定下手的正是布辛瑪本人。」克魯西奧說完,臉部突然不自然地扭曲了一下。

「怎麼了?」齊勒一邊穿衣一邊問。「這個『居所』不適合嗎?」

「不。」克魯西奧撫摸自己的胸口。「也許只是這傢伙的菸癮發作吧。這傢伙挺不錯,最少可以多使用三天。不過我想不用多久就可以換個更好的……」

警察局荒謬劇

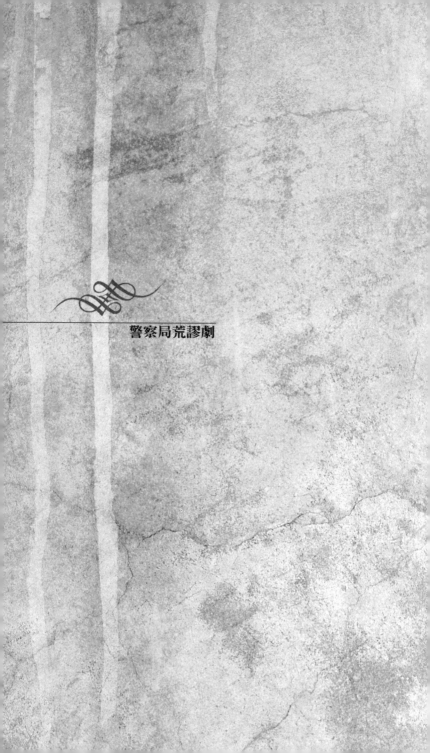

中午十二時十五分　倫敦市警總局

查爾斯．龍格雷隊長咬著沒有點燃的菸斗，手裡把玩著一柄屬於拜諾恩的火焰狀飛刀。

他小時候也迷上過飛刀這玩意——一如馬克．吐溫寫過，男孩子總是對刀子存有一種神秘的崇拜。他掂著飛刀，估量它的重量。雖然外形古怪，但飛刀的重量分布十分準確，是優良刀匠的作品。

這裡原是警局其中一間訊問室。沒有窗戶，日光燈管照射下，室內一切都顯得蒼白。空調的排放口發出細微的低鳴。長桌上堆滿文件檔案和電腦列印的資料，還有捏扁了的紙杯和一個積滿菸灰的碟子。桌面僅僅騰出一小塊可供書寫工作的空間。拜諾恩的武器整齊排在地上。

牆壁上密密麻麻地貼滿案發現場、驗屍過程和拜諾恩房間狀況的照片，還有各大小報紙有關「開膛手」的剪報。

一團黑影躍上文件堆。黑貓波波夫靜靜蹲在上面。龍格雷撫摸一下牠的頸項。牠沒有抗拒，半瞇著眼睛。

龍格雷至今仍不敢確定，拜諾恩是否就是「傑克」。手上的一切都只是環境證據。那袋血液的抽樣早已送到蘇格蘭警場聞名世界的科學鑑定部，以對照所有死者的DNA組合，報告還要兩小時才完成。

在倫敦市警察圈裡，龍格雷認識的人不少，但沒有一個給他好印象。最初他們爲他預備了一間正式的辨公室，可是他看見局裡的聖誕節裝飾就覺得煩厭。結果他寧可借用這兒。

由昨晚至今早，倫敦市內的情況糟透了。自從失敗的圍捕行動之後，關於「傑克」的謠言到處流傳。關於嫌犯的外貌特徵，人人以訛傳訛，單是各小報便有最少四種不同版本。市內先後發生廿多起誤認嫌犯的毆打事件和五宗群體毆鬥。街頭幫派和狂熱宗教份子都自組巡邏隊，四處盤查他們認爲可疑的人。喝醉的足球迷與新納粹光頭黨也加入行列。

因此龍格雷決定，暫時封鎖一切關於尼古拉斯·拜諾恩的資料，以免造成更大的混亂。

不滿的記者群現在仍守在警察局外頭，龍格雷連這個房間也懶得踏出。他知道自己的名字已在今早的報紙號外版上出現了幾十次。

早上約十時，他接到內政部次長的電話。他只是默默地接受責備。還有什麼好解釋的？就說嫌犯從自己槍口前「溜掉」了嗎？

龍格雷到現在也搞不清楚，昨晚那事情是怎麼發生的。超過一百名警察進行包圍搜索——其中包括精銳的特警、直升機和警犬——竟然也被突破了。這種荒謬的情節連好萊塢動作片的編劇也不敢寫出來。

在搜集到的證物裡，有一件東西最令龍格雷感興趣：一本厚厚的陳舊札記。作者名叫「約翰·薩吉塔里奧斯」——龍格雷下令調查這名字，至今未有丁點兒資料。因此他假定這是個虛構的人物。肯定不是拜諾恩本人寫的。筆跡與ＦＢＩ送來的拜諾恩手筆截然不同，而且記事本中的語句，不論文法和語氣都是道地英式英語。

整本札記都在描述有關狩獵吸血鬼的事。

——我的天。吸血鬼。要是這本札記落到記者手上，可以當一整個月的頭條。

——這傢伙的想像力可真棒透了。要不是腦裡斷了根線，搞不好就是個暢銷小說家……

無論如何，拜諾恩現在仍是龍格雷心目中的頭號嫌疑犯，主要原因是他本來就在美國被ＦＢＩ通緝。兩年前漢密爾頓瓦科街的九人屠殺案〔註〕。

最令龍格雷不解的是，拜諾恩曾經任職警察和政府特工，這在龍格雷的記憶中從未發生過。特工處對成員的精神狀況有極嚴格的評核，當然，精神異常的殺人犯無法以常理來推斷……

波波夫的叫聲打斷了龍格雷的沉思。

「怎麼了？」龍格雷看著顯得興奮的黑貓。他伸手想掃撫牠的背項，卻給牠閃過了。

龍格雷突然感到很冷。他聽不見任何聲音。整個訊問室的空氣像結了冰一般。

他看見門緩緩打開來。

波波夫躍起來，撲向從門隙閃進來的人。

「對不起，讓你受苦了。」蒼白的手掌抱著黑貓，輕撫牠的頭頸。

龍格雷感到一陣昏眩，他張開口卻又無法說話，右手下意識伸向左腋下，方記起槍套掛在椅背上。

「請不要動。」拜諾恩輕輕把背後的門關上。「我不想傷害任何人。」

「你……你是怎麼……」龍格雷從警二十一年來，應付過最窮凶極惡的北愛爾蘭恐怖份子，處理過無數冷血凶殺案件，近距離與數千個瘋獸般的球場流氓對峙……卻從沒有像今天般恐懼。

全城警察正在追捕的連續殺人肢解案頭號嫌疑犯，此刻正跟自己面對面。就在倫敦最大的警察局裡。

龍格雷感覺一陣冷風從左耳旁颳過。下一刻他看見了，自己的「史密斯&威爾遜」點三五七口徑左輪手槍，已經倒握在拜諾恩手裡。

「對不起，我不想嚇唬你，只是不希望發生什麼意外。」拜諾恩慢慢彎身把槍放在地上。

註：拜諾恩初次遇上吸血鬼夏倫時發生的殺戮事件，生還的拜諾恩被嫁禍為血案嫌疑犯。詳情請參閱《惡魔斬殺陣》。

——不可能……人類的動作不可能這麼快……

——可是這已是我第二次親眼看見！

「我想你現在開始有點明白了吧？」拜諾恩把雙手攤開表示善意。

「明白什麼？」龍格雷這才發覺，原本咬著的菸斗早已掉到桌子上。他把它拾起來檢視。幸好沒有破裂——這是亡妻送的生日禮物。

「這個案件不是你們警察能夠處理的。」

龍格雷有點奇怪：拜諾恩說話十分有條理，而且語氣冷靜，很難與精神異常者聯想在一起。

「我也當過警察。」拜諾恩又說。「我知道警察的思維模式。可是這次恐怕不大適用。」

「我知道。」龍格雷的意思是知道拜諾恩曾是紐約警察。「你到這兒來是爲了什麼？」

「拿回我的東西。還有貓。我需要它們。」拜諾恩走到一旁，開始把排列地上的刀子收進皮囊裡。「另外是要告訴你：我不是你們要找的人。」

「不是你？那麼你知道有關『傑克』的什麼嗎？他在哪兒？假如你要洗脫嫌疑，我們可以談談……」

拜諾恩掃視四周，最後在書桌上發現約翰·薩格的札記。

龍格雷知道此刻自己沒有任何抵抗的餘地，他把札記遞給拜諾恩時站起來，卻發現自己雙膝軟弱乏力。

「謝謝。」拜諾恩把札記收進大衣口袋裡。「你已經讀過它了吧？」

「可以倒背一遍了。」龍格雷爲了令自己放鬆一點，把菸斗點燃了。他吐出長長的一口白霧。「很棒的恐怖小說。準備什麼時候出版？送我一本簽名本可以嗎？」

拜諾恩苦笑搖頭。他揹上皮囊，把波波夫藏進衣襟內，朝房門步去。

「等一等！」龍格雷把菸斗握在手上。「我不理會『吸血鬼』什麼的，我只想阻止那怪物繼續殺人！」

「至少我們有一個共識：彼此都知道那傢伙是怪物。」拜諾恩轉過臉來。「有兩件事情要感謝你：一是替我照料貓兒；另外是沒有把我的照片和資料公開。」

「那不是爲了你……對了，漢密爾頓的九條人命……也不是你幹的？」

「假如你不能相信那札記上的東西，我們沒有什麼好談的。」

拜諾恩突然就從訊問室消失了。龍格雷只聽到房門關上的聲音，眼睛卻無法捕捉那迅速的開關動作。

□

里繪額上架著一副橘色眼罩，瘦小的身體包裹在一套深灰色的滑雪服裡，再加上那件最喜愛的黑皮夾克，可是仍然覺得冷。這輛本田已經太舊了，暖氣系統像隻乏力的狗。

她坐在駕駛座，垂頭盯著放在膝上的PowerBook。利用行動電話連接，她正與「地底族」裡的朋友交談。

「記得替我買個『Big Mac』回來。」螢幕上的ＩＣＱ信息說。「我好幾個月沒吃了。」

這傢伙網上的諢號是「地獄蝠」（HellBat），眞名叫柯林，是「地底族」十幾隊自組樂團裡最棒的鼓手，正在追求里繪．可是她興趣不大。

「再多吃這種垃圾，過不了多久你可以用自己的肚皮擊鼓了。」她刻薄地回答。

又接到信息。是地底另一個Hacker「光學鏡」（Optik Lenz）。「理查老頭剛過來，說『家長』（The Patriarch）想找妳談談。」

「?」

「不曉得。理查好像說，是關於妳要打聽的人名。」

里繪按照拜諾恩的吩咐，曾在「地底族」詢問過有誰認識「布辛瑪」或「歌荻亞」，結果完全沒有人知道這兩個名字。她懶得再花時間問，在離開前叫人們把這問題傳開去。

竟然也傳到「家長」他老人家耳中了。難道他知道些什麼?還是只想見見拜諾恩這個陌生人?

里繪把電腦闔上，看看車外四周。對街的警察局外擠著滿滿的記者群，一個個冒著寒冷在守候。街上也停滿了電視台和報社的車輛。

抗議警察無能的示威群眾比早上減少了許多，那幅寫著「我們不要一個血腥的平安夜」的布條無力地倚在警察局外圍的牆壁上。

較遠的人行道上，看熱鬧的人群——多數是失業的流浪漢——圍成一個圓形論壇，光頭黨和宗教狂熱份子在中央對罵個不亦樂乎。幾個警察隔在人群外靜靜地監視。

里繪對這些街景失去了興趣，拿起放在身旁的報紙號外版，上面報導的自然是昨晚巴福特街的圍捕事件，還有之後在倫敦各處引發的暴力。

報紙最顯眼處是一幅黑白肖像素描。男人的面相極盡凶惡：細小的三白眼、濃密而亂生的眉毛、厚厚的嘴唇、方形下巴爬滿鬍渣……素描手法刻意模倣警察的緝凶拼圖，圖片下面那句「傑克想像圖」卻用上小得不能再小的字體。哼，這就是傳媒，里繪這樣想。

至於昨晚希斯羅機場男用洗手間裡發生的殘殺事件，當然也給算到「傑克二世」的頭上。「傑克」這次爲什麼挑男性下手，接受訪問的犯罪心理學家也說不出個所以然來。

里繪特別注意到另一個相關事件（報紙編輯卻只花了一小格來報導）：幾乎同

時，有個男人在機場失蹤了，名字叫泰利．威克遜……

她不知道，這個「泰利．威克遜」此刻與她距離不足一百碼，正坐在停在同一條街上的一輛紅色「雪佛龍」跑車裡。

□

二十六歲的依莎貝．萊德從警剛滿五年。就職前她當然也考慮過當女警的危險性，卻從來沒有想像過自己的人生會以這種痛苦而恐怖的方式結束。而且就在倫敦市警總局的清潔工儲物室裡。

她沒有掙扎。雙臂的骨頭早已折碎多處，現在就像禮物的絲帶般在背後打了結。碎骨刺破皮膚流出的鮮血滲透了袖子。她的身體俯伏在一個放滿瓶裝清潔液的紙箱上，下身制服被撕碎，肛門破裂的痛楚令她雙腿肌肉痙攣。

比依莎貝矮小一個頭的齊勒緊貼她背項，在她耳邊喃喃自語：「妳這個警察可是白當了……不過是那麼一點點資料，連存放在哪兒也答不上來……」

依莎貝絕望地呻吟著。她的腦海一片空白，意志已完全崩潰，她只希望這種痛苦能馬上結束。

「沒有時間跟妳玩下去了。克魯西奧可是個令人畏懼的傢伙啊……」齊勒左手抓著依莎貝的頭髮，把她的上半身揪起來。他獰笑著，犬齒漸漸變長。

又是那動聽無比的聲音——頸動脈肌肉組織被刺破的聲音。齊勒再次想起二百年前被他姦污的處女。

痛感漸漸隨著血液而流逝，依莎貝的身體放鬆下來。

齊勒右手五指刺破她的胸脯，捏碎了肋骨，伸進濕潤內臟的縫隙之間，直接握住心臟。他以有如抓著小鳥般的溫柔力量按摩她的心臟，手掌一握一放，幫助它繼續鼓動，保持血液流動的速度。他要搾乾她肉體內每一滴溫熱的鮮血……

一種尖銳的聲音從頭頂疾降而下。

齊勒的身體像青蛙般躍離依莎貝，卻還是慢了一點。陽具從中央被齊整斬去，半截遺留在依莎貝的肛門裡。

齊勒只感到憤怒——吸血鬼是沒有痛感的。陽具的傷口迅速合起來。他把褲子拉回原位，同時右腿向來襲者蹴擊。動作雖然滑稽，堅硬的皮靴尖端卻帶著足以踢穿混凝土牆壁的力量。

長劍刺穿齊勒心愛皮靴的厚厚鞋跟，沒入足跟肌肉，刃身垂直把腿骨和膝蓋關節破開，劍尖直貫至恥骨。齊勒整條腿被長劍貫串。他無法平衡，身體橫摔在地板上。

齊勒雙手按地欲爬起身子，可是兩柄銀匕首瞬間把他的手掌釘在地上。

他猛力拉扯轉身，好不容易把手掌扯脫——四根手指飛脫了。此刻他知道不是來襲者的對手，對方的速度比自己高太多了。他只想逃。只要會合克魯西奧……

一把雕刻著惡鬼臉譜的鈎鐮刀深深勾進他背項。連接刀柄的長鐵鍊，繞過橫亙在儲物室上方的水管。齊勒整個身體被吊在半空中。

「不！」齊勒瘋狂揮舞手腿。「不要！不要！我可以給你永恆的生命！你可以像我一樣爲所欲爲！你想像一下，只要看見的女人便可以得到，那是多麼——」

「住口。」拜諾恩沒理會他，俯身檢視伏在紙箱上的女警。依莎貝已斷氣。

「不，你不明白！你不知道我可以給你什麼！我給你的是世界上最大的快樂！」

「你以爲我會喝你那污穢的血嗎？」

聽到這句話，齊勒知道這人對吸血鬼的了解有多深。是吸血鬼獵人。他絕望了。死亡的恐懼令他失控，把剛喝下的鮮血嘔吐出來。眼眶、鼻孔、耳孔、肛門，連剛剛重生的陽物都流出了血液。全身皮膚毛孔冒出血珠。

——這麼差勁的傢伙，大概不是「動脈暗殺者」吧？……

拜諾恩抓著齊勒的腿，把長劍慢慢抽出來，用齊勒的外套把血漬抹淨。

「克魯西奧……他會找到你……」齊勒夢囈般喃喃說。

拜諾恩記得，這是千葉虎之介口中另一個「動脈暗殺者」的名字。

「告訴我。」拜諾恩把劍刃架在齊勒的喉頭上。「這個『克魯西奧』在哪兒？告訴我，我放過你。」

「他是……最強的……『暗殺者』……連吸血鬼也害怕他……」齊勒露出詭異的微笑。「你也害怕他吧？」

齊勒胸腔裡發出一記像氣球爆破的聲音。是他的心臟。因爲失去了生存的意志，他的心臟自行碎裂了——拜諾恩也是第一次看見這種現象。齊勒的肌肉漸漸收縮乾枯，發出微微的腐臭。

——吸血鬼竟然有這種特徵嗎？……難道只有擁有強烈生存慾望的人才能成爲吸血鬼？一旦這種意志崩潰了，賴以支撐永生不死的邪惡力量也會隨之消逝嗎？

——到了哪一天，當我也失去生存的慾望時，我的身體也會變成這樣嗎？……

□

當拜諾恩從警察局側門步出時，三個埋伏在那邊的記者警覺地趨前，從大衣襟內提起相機。略略打量了拜諾恩一會兒後，他們又把相機放下，沒有按下快門。落拓的拜諾恩在記者眼中，大概只是個昨夜醉酒鬧事、剛在拘留所睡了一晚的流浪漢。

拜諾恩架上圓形的墨鏡，步向里繪的車子。

一個比他還要高大的新納粹光頭黨青年從旁閃出，拍拍他的肩膀。

「老兄，你看來有點可疑。」光頭青年不友善地掃視拜諾恩上下。從他右手擺放的位置，拜諾恩猜出他的夾克口袋內藏著柄摺刀。

「在倫敦，每一個人看來都可疑得很。」拜諾恩摘下墨鏡，凝視光頭青年。

光頭青年的視線瞬間像被吸住了，失去了焦點。

「希特勒萬歲。」拜諾恩擺擺手。

「嗯。希特勒萬歲……」光頭青年迷惘地說，自行走開了。

拜諾恩坐進「本田」的助手席上，把皮囊放進後座，重重關上車門。波波夫這時從他衣襟爬出來。

「啊！這就是你的貓兒嗎？」里繪把PowerBook放在一旁，馬上把波波夫抱著。「好可愛！」她用日語說。

「東西都拿到了嗎？」里繪一邊撫弄波波夫的純黑皮毛一邊問。

拜諾恩拿起放在儀錶板頂上的速食品紙盒，拈起一片炸魚塊放進嘴裡。

「嗯。」

「你用了什麼方法混進警察局裡？竟然連貓兒也帶出來了。」

「很簡單。我告訴他們：我不是傑克，是ＭＩ６（英國軍事情報六局）派來的○○四諜報員，擁有殺人執照（License to Kill）。」

「你倒比外表看來風趣。」里繪一拳擂在拜諾恩肩膀上，這才發現他的皮大衣下襬沾著血漬。

拜諾恩瞧瞧沉默的里繪。「現在我又多了一條罪名：在警察局儲物室裡姦殺女警。待會妳會在新聞裡讀到。」

「又有人死了嗎？」里繪端詳著拜諾恩的臉。「我還沒有搞清楚你究竟是什麼人物。可是大概你已對死亡麻木了吧？我看得出來。你所到的地方都會出現死亡。」

「這種人生可不是我自己選擇的。在我出生時一切都決定了。」

「我記得有個連續殺人魔在法庭上也這樣說過。」里繪微笑。「你的父母不愛你嗎？」

「我從來沒有見過他們的臉，我只知道自己的父親是隻怪物。」

「我的父親也一樣。他是那種日本集體主義教育下的典型產物。更不可思議的是，身爲雕塑家的媽媽竟然會愛上這樣一個機器人。」里繪自顧自地說著，「是他在加州攻讀電子工學博士時認識的。詳情他們從沒跟我說。在我十歲時他們分開了——不只他們，我也鬆了口氣。最少我可以跟媽媽回美國。日本學校比監獄還要難受。」

「妳的爸爸跟我的差遠了。」拜諾恩苦笑。「根本不同級數。」

「我不明白。」

「妳有宗教信仰嗎？」

她瞧瞧他胸前的銅鑄十字架，搖搖頭。

拜諾恩盯著汽車後視鏡裡自己的眼睛。

里繪腰間的行動電話這時響起了。

她認得電話裡是「光學鏡」的聲音。「快回來。『家長』想盡快見你們。」

里繪很奇怪。要不是眞正的急事，「光學鏡」不會用電話。任何Hacker都不信任電話的保密性。

她馬上打開PowerBook。「瞧，這是地底的地圖。」

「你們有繪製地圖嗎？」這或許有助找出布辛瑪的巢穴。

「只限於我們居住的部分。」在電腦螢幕上，地底圖與倫敦市地面的街道圖重疊在一起。「是『地底族』裡一個地理學家弄出來的。」

里繪憑著記憶，找出了「家長」居處的地點，再尋出其地面位置。

「嗯，是這裡。距離斜椲廣場（Mitre Square）不遠。就在那邊下車吧。」

斜榫廣場也是一八八八年「開膛手傑克」的第四個行兇地點：九月三十日凌晨一時四十五分，四十六歲的酗酒婦人凱瑟琳・艾杜絲（Catharine Eddies）——又名凱蒂・姬莉（Kate Kelly）——被發現伏屍於此小小的鋪石廣場上，五呎長的屍身仍然溫暖，喉嚨、耳、鼻、眼瞼皆被割破，肚腹給切開，腸臟被掏出置於右肩(註)。

更奇怪的是，第三遇害者伊麗莎白・史卓德（Elizabeth Stride）僅在不足一小時前於德菲特場（Dutfield's Yard）被發現，兩地相距卻超過半哩。兇手殺戮慾望之強教人不寒而慄，其行動之迅速也令人咋舌……

「我們要到哪兒？」拜諾恩接過波波夫和PowerBook。里繪轉動車鑰。天氣太冷的關係，她花了半分鐘才把「本田」的引擎發動。

「帶你去見一個人。一個跟你一樣古怪的人——我想他會喜歡你。」

註：據稱共濟會（Freemason）處決叛徒時，亦把屍體的腸臟掏出放在右肩上。而斜榫廣場與共濟會頗有歷史關係，故有研究者以此爲依據，斷定「開膛手傑克」爲共濟會的殺手。

家長的秘辛

下午二時零五分　地底

「家長」的居所是地底裡唯一有陽光的房間。

這兒位於地下三十多呎深，陽光當然不可能直接射進來。石室上方有一條早已廢棄的曲折廊道，迂迴地通往地面，廊道每個轉角處都安裝了鏡子，巧妙地把陽光轉折反射到這裡。那一小片僅巴掌大的亮光，剛好落在「家長」的書桌中央。

外面的天空叢雲密佈，透過數十面鏡子送來的陽光淡得看不見。「家長」卻把手掌攤在書桌上，彷彿能用掌心感受太陽的溫暖。

拜諾恩坐在「家長」對面，默默等待對方先說話。他打量著眼前這個老人：一個滿頭稀疏、蓬亂白髮的黑人，失去左眼的臉上泛溢著通曉世事的智慧光采，左眼上的疤痕也已佈滿皺紋——看得出受傷已是幾十年前的事。

「家長」伸出只剩三根指頭的右手，飛快按動書桌上的鍵盤。一面電腦螢幕對著拜諾恩那方，浮標吐出字句。

「請見諒。我無法說話。你可以說。我聽得見。」

「家長」張開嘴巴。拜諾恩看見半截斷舌。傷口很不整齊，並不像被割斷——似乎像被別人咬斷……

里繪坐在房間一角的沙發上，正逗著波波夫玩耍。

她在到來前已跟拜諾恩解釋過：「地底族」是個完全自由平等的社區，並沒有統治者。在地底居住得較久的人，卻也理所當然地擁有不成文的權威。而現今「地底族」中，沒有任何人比「家長」住得更久。他的一句話能夠排解糾紛或做出重大決定——不過「家長」很少「說話」。

里繪聽說過，「家長」上次「說話」已經是四、五年前的事。那時候有人把海洛英帶進「地底族」。「家長」一句話後，這東西被禁絕了，但仍然容許大麻和幾種藥丸。

「你想知道布辛瑪的事嗎？」螢幕上出現另一句。

拜諾恩點點頭。

「家長」凝視拜諾恩好一會兒，沒有任何動靜，但面容明顯緊繃著。

「你明白布辛瑪有多危險嗎？」

拜諾恩再次點頭。「我知道布辛瑪是什麼『東西』。請相信我。我是捕獵這種

『東西』的專家。」

兩人相視微笑。那是彼此發現擁有同一秘密的微笑。

「家長」收起笑容，長長嘆息了一聲。「終於也有人知道——這種事我從來沒有告訴別人。他們會以爲我瘋了。」

「你的創傷……」拜諾恩猶疑了一下。「……是布辛瑪造成的嗎？」

「家長」的臉頰抽搐了一下。拜諾恩看見他的右目中閃出久藏的恐懼。

「我以爲這個秘密，到我死亡那天也不會說出來。」

□

「家長」原名艾卡素・蘇薩。六十年前的他是個虎背熊腰、堂堂六呎的法國藉蘇里南青年，偷渡英吉利海峽是爲了逃避一宗小罪行的責任。

倫敦都市的生活太艱苦了——尤其是對一個外來的黑人而言。他無可避免地再度走上犯罪之路。晝伏夜出的蘇薩在黑暗中搶劫單身的夜歸者。他沒有帶刀子——一雙肌肉糾結的手臂已足夠威嚇對方。在故鄉他曾經是拳擊手。

這一夜行人很少，天氣開始冷了，於是他第一次搶劫一個女人——過去他從不向女性下手，可是這夜他餓得管不了。

女人大概剛滿三十歲，體態豐盈，身上穿的洋裝和大衣看來都是高級品。當蘇薩跟蹤著她時，香水氣味乘著冷風飄進他的鼻孔。他記起上一次找妓女已是三個月前的事……

進入濕冷的暗街中。如果蘇薩清醒的話，他或許會對這女人的膽量產生疑惑，可是飢餓和性慾已塞滿了他的腦袋。

當奔近那女人時，蘇薩沒有說任何話。還有什麼好說的？說句「對不起」嗎？他抓著她的肩膀。

女人把雪白的臉轉過來，出奇地美麗動人。蘇薩呆住了，一想到要摧毀這麼美麗東西，歉疚感令他雙膝軟下來。

女人卻在微笑，眼睛裡沒有半點恐懼。

然後她往上看，蘇薩也不由自主地抬頭。

他看見一幢貨倉的屋頂上，站立著一個瘦小的男人身影。

那黑影迅疾往他撲下。他眼前一片黑暗。

□

「當我醒過來時，我已經在地底。」「家長」的話在螢幕上跳現。「從此我沒有再回到地面上。」

接著的幾個月，蘇薩都活在朦朧的意識中。每隔幾天右腿上便有一種奇妙的痠麻感覺，他半張開僅存的右眼，隱約看見有個人伏在他腿上。他清楚感到自己的血液在流失，右腿不久後壞死了，那種痠麻感開始降臨左腿上。

有一次他禁不住恐懼而大聲慘叫。一隻冰冷的手掌迅速掩著他的嘴巴。一張年輕俊美的臉湊近他。

「我討厭噪音。」那個少年冷冷對他說。少年忽然深吻蘇薩，蘇薩感到對方的嘴巴帶著可怕的吸力，他不自禁地伸長舌頭，銳利的牙齒切進肌肉，半截斷舌給吞進少年的肚子裡，蘇薩因劇痛而再度昏迷。

從此他不敢再喊叫。這是上帝的懲罰吧。蘇薩死心地想。

那個女人每天會來看他，餵他吃麵包和喝牛奶，然後拿消防水帶把他身上和地上的便溺沖進溝裡。這時他才比較清醒一點，看見自己全身赤裸，也看見另外兩個跟他同樣遭遇的白種男人，一起並排給鎖在石壁上。

蘇薩的左腿也壞死後，女人把他腕上的鎖鍊解除了，其中一個同囚已經消失，另一個看來比蘇薩還要虛弱。蘇薩看見他的白皙頸項上有兩個細小的血洞。

女人在照顧他時，有幾次奇怪的自言自語。蘇薩從她的口中知道了，那個恐怖的少年名叫「布辛瑪」。原來這就是魔鬼的眞正名字。蘇薩拚命牢記著——他想到當自己下了地獄時，這個名字也許會用得著。

終於連那個白種男子也消失了，蘇薩知道不久之後又會有新的同囚加入。

然而沒有人來，連那個女人也沒有來，布辛瑪也已經好幾天沒有來吸血。蘇薩鼓起最後的氣力，雙手撐起身體看看四周。

那是條長長的黑暗石廊，唯一的光源來自廊道盡頭一扇半閉的鐵門。蘇薩聽到門內傳出飲泣聲。他忘不了這聲音。是布辛瑪。

他知道這是自己最後的機會。他以雙手吃力爬行，朝著鐵門相反的方向進入黑暗中。身後傳來迴盪的嚎叫。蘇薩全身體毛直豎——他以爲自己被發現了。沒有。叫聲來自很遠的深處。

「爲什麼？」布辛瑪的悽鳴在石壁間來回激盪。「爲什麼妳就這樣離開了？……」

蘇薩不知道自己爬行了多久，他沒有停下半刻，曾經把沉重沙袋擂打得激烈搖晃的雙臂，發揮出超乎常人的力量，流血的指頭在黑暗中摸索前方每一吋粗石，求生意志讓他把路徑和方向深深烙印在記憶中。

然後他看見第一線光。

□

「那並不是陽光。」「家長」透過螢幕說。「是『地底族』探索者手上的煤汽燈。我得救了。此後大約一年裡，我每夜都做著在黑暗地道中爬行的夢。」

拜諾恩沉默著。女人。他想起歌荻亞。

「這件事情我反覆回想過許多次。」「家長」繼續說。「我猜想是因爲那個女人突然去世了，他們顯然是愛人，她是魔鬼的妃嬪。」

「你仍然清楚記得通向那地方的路徑嗎？」

「要我在地圖上指出是不可能的。要是親身再走一趟，我卻肯定能記起來。」

「你可以帶我去嗎？」拜諾恩站起來。這句話引起里繪的注意。她抱著波波夫走過來。

「家長」的手指離開鍵盤，右眼凝視拜諾恩。

「我知道這對你來說是十分難受的事，可是要不這樣做，只會不斷發生更多悲慘的事情——就像你當年的遭遇一樣悲慘。」

「家長」伸手推按書桌，座下的輪椅往後滑開，讓拜諾恩看見他截斷的雙腿。

「不打緊，我可以揹著你走。」拜諾恩仍堅持著。

「家長」咬著牙。右眼流下淚來。眼瞼在顫抖。

拜諾恩垂下頭。「算了。我再想其他的辦法。多謝你告訴我這些。」

「等一等。」里繪說。「我大概知道你們面對怎樣的難題。而且我有現成的解決辦法。」

拜諾恩和「家長」瞧著里繪。她露出狡黠的笑容。

同時

警方在位於斜樺廣場東南的庇利斯特街後巷內發現一具恐怖男屍。死者爲白種青年，身穿黑色皮夾克及牛仔褲，胸腹遭到不明的凶殘手法破開，內臟多處破碎。蒐證人員在他的衣袋內發現一張機車駕駛執照，登記名字爲「泰利．威克遜」，初步確定屬死者本人。

現場並未發現凶器或明顯爲凶手遺下的其他物件，唯一異狀是屍體旁的地下水道蓋口被打開。警員曾經進入探視，但並未發現凶手循水道逃生的跡象。

連線狩獵

下午四時二十分　地底

透過夜視鏡的綠色影像，地道裡的彎弧與起伏全都清晰可見。拜諾恩一邊小心翼翼地前行，一邊瞄著左角的小型投影地圖，時刻確定自己的所在。

拜諾恩此刻戴著這副頭罩，里繪喚它作「長尾蟲」，由「地底族」Hackers裡一個硬體專家製作，原本用於探索地底更多可住的居所和搜尋失蹤者。

以合成塑膠、玻璃纖維和金屬管拼湊成的頭罩，就像科幻電影《異形》裡的Face Hanger幼蟲般，緊緊附貼在拜諾恩頭上。鏡片提供熱源探測和夜視功能外，也能把外間傳送來的電腦影像及資料投射入眼球；兩邊額側有小型照明，在完全黑暗的地道內提供光源；而使用者透過鏡片看到的影像，也可利用鏡片內側設置的微型攝影鏡頭收集及向外傳輸。此外當然也附有語音通信的裝置。

拜諾恩腰間掛著一具僅七百公克重的微電腦，與「長尾蟲」連接，負責處理所有影音信息。

在地底，最困難的自然是通信問題。除非每隔一段路程便架起一座轉接站，否則無線電波或微波都無法遠距通信。因此只能使用較原始的方式：有線通信。

頭罩後部連接著的光纖纜線，一直伸延往里繪的電腦主機。在出發點上豎立著繞滿光纖的巨大圓鼓，隨著拜諾恩前進而不斷吐出纜線，足供五公里路程使用——這些纜線原本用於架設「地底族」各居所的通信網路，但這項工程還沒有開始。

夜視鏡其實對拜諾恩沒有用——「達姆拜爾」本身已具有夜視異能，他只需要一個手電筒。然而眼前的影像並非只供他一個人觀看，同時也要傳輸到里繪的電腦螢幕上。

此刻里繪跟「家長」正並肩坐在電腦前，看著拜諾恩眼中所看見的東西。另外還有幾個年輕的Hackers，好奇地站在後面觀看。

「家長」靜靜坐在輪椅上，專注地凝視地道裡的景象。他的膝上放著里繪的PowerBook。從鍵盤打出的方向指示文字，瞬間直接投射在拜諾恩的視網膜上。旁邊的里繪則同時以光筆繪畫路線圖並標示拜諾恩的所在。波波夫安靜地伏在她腳邊。

由於要靠「家長」的觀察和指示才能找出正確路徑，拜諾恩走得十分慢。他左手穿戴著「刀爪」——那具五指都伸出尖長利刃的硬皮革手套，右手握著鬼臉雕刻的鈎鐮刀，前進時一直謹慎地戒備著。

「尼克，待會脫下頭罩時用你的右手。我害怕你會刺穿自己的頭殼。」里繪的聲音透過耳機傳來。她的臉容在拜諾恩眼前閃現了半秒鐘——頭罩的影像傳輸是雙向的，里繪同樣可以利用設在電腦螢幕頂上的攝影機，把她那邊的影像送過來。

「這時候不要開玩笑了。」拜諾恩嚴肅地說。「這種投射影像不會燒壞我的眼睛吧？」

「放心啦。我們用動物試驗過了。」

拜諾恩苦笑。這女孩把一切都當作遊戲。

「家長」的指示又送來了。拜諾恩爬下一段坡道。他瞄瞄鏡片上的時鐘。日照時間已餘下不多。他希望早點找到布辛瑪。萬一布辛瑪預備了往地面的逃遁出路，在太陽下要追捕他會容易得多——吸血鬼雖不如傳說般會被陽光溶化，但在日光下其體力將大大減弱。

一旦找到布辛瑪應該怎麼辦？當然不能馬上把他幹掉。還有太多謎題沒有答案。首先必須弄清楚他跟「傑克」有什麼關係。布辛瑪是「傑克／默菲斯丹」的創造者，但很明顯他對自己的創造物失去了控制——否則他不會讓「傑克」出外殺人而引起

「吸血鬼公會」的注意。

也許布辛瑪是故意這樣做——他知道「公會」必定會派遣精銳的「動脈暗殺者」，這正是測試「默菲斯丹」威力的最佳機會。

拜諾恩想到歌荻亞。

——可以利用她來要脅布辛瑪就範。然而自己做得到嗎？把刀子架在女人的頸項上……

——不。我不相信邪惡的吸血鬼會眞心愛著一個人類女性……他沒有把她變成自己的同類，只是利用她來引誘獵物而已……他只想安全地躲在地底吸飲壯男的鮮血，而不必驚動「公會」……

但若能挾持歌荻亞而令布辛瑪屈服，說不定能夠從他口中得知消除吸血鬼因子的方法，令自己恢復爲正常人類……假如世上眞的有這個方法……

□

里繪盯著螢幕裡的地道景象，感覺比「OmniLand」刺激得多。

雖然拜諾恩跟「家長」都沒有跟她說明，但她已經隱約猜出，拜諾恩要對付的是某種超自然的東西——狼男、吸血鬼、殭屍……難道是外星人嗎？……而且這跟著名的「開膛手傑克」竟有莫大關係！一想到這裡，里繪興奮得有如喝下半打Jolt〔註〕。

她再次專注於螢幕上，繼續描繪地道的草圖。若光纖纜線因意外而斷掉，拜諾恩也可以靠這地圖從原路脫出。

所有人的視線都凝在那發光影像上。沒有人留意到，一個瘦削的陌生男人就站在他們身後。男人的臉異常蒼白，身穿一套式樣老舊的黑西裝，外面卻包裹著一件屠夫用的皮革圍裙，頭上戴著紳士高帽。

他毫無表情地同樣瞧著螢幕。

□

註：Jolt，Hackers愛喝的可樂品牌，含高咖啡因。

拜諾恩嗅到腐臭的味道。

「里繪，不要看。」

他沒有再等待「家長」的指引，逕自順著臭味的來向前行。

終於他看見了。

里繪也看見了。跟「家長」所形容的情景一模一樣。廊道兩旁排列著六個赤裸的男人。每一個的身體都瘦弱不堪。有幾個雙腿和頸側已潰爛得看見骨頭。

鏡片的夜視功能關掉了。螢幕上展露出潰爛血肉的色彩。蒼白的脂肪、淡灰色的骨頭、紫色的肉屑……

里繪閉目，緊抓著身旁站立者的手掌。那隻冰冷的手掌輕輕握著她的手。

「家長」也沒有再看下去。他的右眼盯著鍵盤許久，卻再也打不出一個字母。

站在後面的年輕Hackers許多都不忍再看。其中有個就是「光學鏡」——一個二十五歲的金髮「老」Hacker。他這時發現了那個站在里繪身旁與她手掌相握的男子。奇怪的衣服和高帽，在「地底族」中也算不上是最古怪的衣飾。可是「光學鏡」從沒有見過這瘦弱男人。大概是新來者吧，他猜想。

□

拜諾恩站在「家長」曾經描述過的那道鐵門前。鐵門並沒有完全關上，露出僅可供一條腿踏進去的縫隙，他隱約聽到裡面傳來古典交響樂的聲音。

拜諾恩正在盤算時，卻隔著頭罩聽到身後傳來細微的足音。

他迅速回身擺出迎擊的姿勢。在攻擊前他確定了，那不過是一隻渾身灰毛的野貓。

灰貓似乎不害怕拜諾恩，直往他足旁奔過，竄進了鐵門的縫隙。

——這兒竟然有貓……是布辛瑪或歌荻亞的寵物嗎？

「我要脫去頭罩了。」拜諾恩再次面向鐵門。

里繪的投射影像又再出現眼前。

「小心啊，尼克。」里繪殷切地說。「祝你好運。」

「慢著！」拜諾恩以壓低的聲音呼叫。「不要切換！」

從投射影像中他看見了里繪身旁男人的樣貌。他們還手握著手。

拜諾恩感到全身毛孔收閉，一股寒意沿著脊骨竄上後腦。

——是他！他竟然就在……

拜諾恩的心亂到了極點。他猛力搖了幾次頭。

他迅速作出判斷：絕對不能告訴她「開膛手傑克」就站在她身旁！只要她露出一點點恐懼的表情，也可能立時刺激起那傢伙的殺意……

「答應我，絕對不要做任何事！等我回來！」拜諾恩一邊說，開始一邊往回走。

「什麼？你要回來？」里繪氣惱地叫著。「爲什麼？我們花了這許多工夫——」

「照我的說話去做！」拜諾恩把眼罩的機能關掉了，只有兩邊照明的小燈仍亮著。他拔掉腦後的光纖插頭，垂頭沿著地上的纜線疾走。

在他腦海裡重現了那個親手握碎慧娜頸項的噩夢。

「你所到的地方都會出現死亡……」里繪這句話同時在他耳邊響起。

他憤怒地伸出「刀爪」，在石壁上劃下悽烈的刃痕。

殺人鬼素描

下午五時十三分　地底　里繪之工作間

視訊切斷了的螢幕漆黑一片。里繪納悶地等待了一會兒，最後放棄了。

「到底怎麼搞的？」里繪的精神放鬆下來，這才發覺自己握著一個陌生人的手掌。她放開手指，對方的手卻仍然緊握著。

「嗨。」里繪抬頭瞧著那張蒼白的臉。「怎麼了？好像沒有見過你。剛來不久嗎？」

男人這時也垂下眼睛與里繪對視。他放鬆手掌。

「大家都很緊張吧？……」里繪微笑著，卻發覺指頭有點濕潤。

她垂頭，看見了紅色的液體。

「怎麼回事？」她磨擦一下指頭，發覺自己並沒有受傷。

「是你嗎？」她握著男人的手察看。

男人指頭上有一道細小的傷口，仍在滴著血。里繪在桌上堆積的雜物間翻尋了一會，然後轉身向她的朋友問：「誰拿繃帶來？他割傷了指頭。」

「這種東西誰會帶在身上？」「光學鏡」笑著說。「不過割傷少許而已，用嘴巴替他吸一下不就行了？」

里繪報以一根中指。一種冰涼感突然貼近她的臉頰，是男人的手掌。

原來伏在里繪腳旁的波波夫躍起來，站在桌上激動地嘶叫。

「家長」膝上的PowerBook翻跌在地上。他的右眼瞪得不能再大。

里繪感到左邊臉上有一種癢癢的觸感。

男人用指頭上自己的鮮血，在里繪臉頰上繪出一條垂直的紅線。手指沿著光滑的肌膚而下，漸漸接近她頸項。

他的臉容冷漠如昔，可是在他腦海湧現的是無數紛亂的影像、聲音與感覺，以百分一秒爲單位交替閃現和消失：

碎裂的咖啡杯／煤氣燈熄滅／火焰／豬的屍體／梅莉的笑容／完好的咖啡杯／呻吟聲／梅莉的陰戶／薄雲裡的月亮／狗吠聲／威士忌的味道／火焰／木地板上的血液／鏡子裡自己的臉／梅莉的乳房／血液／豬的屍體／月亮倒影在咖啡杯裡／嬰孩的哭聲／火焰／梅莉的笑容／焚燒的屋子／門鈴響起／梅莉乳房上的精液／月亮／豬的屍

體／咖啡杯的三角形碎片／狗吠聲／火焰／黑暗裡的地道……

最後出現的是那道鐵門。跟他剛才在電腦螢幕上看見的一模一樣的鐵門。

男人輕撫里繪的下巴。

「梅莉……」

魏恩・布辛瑪之札記　一八八七年十一月二十二日

……終於找到了。完美無瑕的材料，年輕、健康而冷酷。

單從外表看，這個男人不像擁有這麼堅強的體質。我想在屠宰場裡他必定是最瘦弱的一個屠夫。可是我親眼看見，他僅用一片咖啡杯的碎片，把那女人的喉管完全割斷了。

更美妙的是接著的事——他在她的屍體前自慰。然後放火把整條街都燒掉了。我正好需要這種腦袋。在人間被視爲渣滓的這個男人，在我眼中卻是件寶物。

當然最少還要等待兩個月才知道他能否熬得過來。可是直覺告訴我這次找對了材料。

一八八八年一月八日

……「默菲斯丹」的狀況比我想像中還要好。今天他終於睜開眼來，在槽管裡凝視著我。我喜歡他這種透明、沒有感情的眼神。

接下來便是最關鍵的血液更換步驟。以這個時代的輸血技術不會有什麼問題。我倒是無法想像，古代的前輩們是以什麼方法把新的血液注入「默菲斯丹」的身體。也許他們那時候曾經發明過某種技術，卻經過多年而喪失了；又或者他們每進行數百次手術，才成功創造出一個「默菲斯丹」來吧。這就是戰爭……

三月二十四日

……歌荻亞今天告訴我，「默菲斯丹」曾經跟她說話。他還喚她做「梅莉」。我記得「梅莉」就是那個死在他手上的妓女的名字。實在有點意外。他的記憶竟仍然存在。

他曾經眞的深愛著那妓女吧？我擔心這一點會對他的精神狀態產生嚴重影響。愛的力量從來不能小看——就像我跟歌荻亞……

五月十八日

……看來是失敗了。正如千餘年前的「噬者」一樣。那傢伙根本無法控制。當然他不會傷害我——他會永遠記得，我是把他從絕望裡拯救出來並賦予他新生命的恩人——可是除此以外我完全無法控制他。他根本不是活在這裡。他活在那個不斷重複上演的噩夢當中。把杯子碎片扎進梅莉的喉嚨、最後一次射精——這些記憶對他而言永遠都是剛在前一刻發生的事。他的腦袋有如不斷播放同一段落的故障留聲機。

我不應該放棄希望。對於「默菲斯丹」精神層面的缺陷，必定有某種改善的方法，只是以現代的知識還未出現。

再等下去吧，我們有的是時間。最少他已經是十足完成的「默菲斯丹」，活死人的剋星。即使「公會」找來，我已握著這張王牌。

八月八日

實在難以形容此刻的心情。歌荻亞就這樣死了。殺死她的是我。

我並不痛恨「默菲斯丹」。他不過是一具血肉造的機器而已。當他割斷歌荻亞的喉管時，他眼中看見的仍然是那個妓女。

他到哪兒去了？

無法相信這種結果。噢，歌荻亞。辛苦經營一切都只是爲了跟她一起。然而不過是如此短促的相聚……

十月一日

「默菲斯丹」又動手了。必須儘快把他找回來。我害怕的當然不是警察，而是「公會」。我想像得到，「公會」那些傢伙要是得知「默菲斯丹」的存在會有什麼反應。「開膛手傑克」這個名字騙不了他們太久。

最初寫那封信時，還擔心這個署名有點誇張。可是警察跟記者都全盤相信了。不禁對「默菲斯丹」的速度感到自豪。我不過晚到了一步，他已經消失無蹤。爲了掩飾，我特別在牆上寫下那挑釁的字句〔註〕。可是報紙上還沒有報導出來。是害怕引起騷亂吧？

十二月七日

……他回來至今已經兩個多月。並沒有甦醒的跡象。大概可以放心了。

註：在「開膛手傑克」案第四遇害者凱瑟琳．艾杜絲的伏屍地點附近，警方在一道門上發現疑爲凶手遺下的字句：「The Juwes are the men That Will not be blamed for nothing」，因此有研究者推斷「傑克」本身是猶太人，又或是奉信反閃族主義而欲以此嫁禍猶太族群。

暫時只能做到這地步吧。也許有一天，當我有把握改造他的靈魂時，我會再次喚醒他。要等待多久？一百年嗎？……

血之地下室

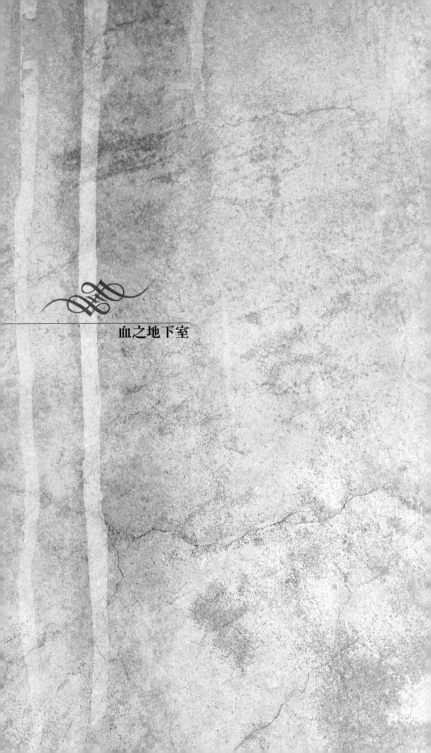

下午五時二十分　地底　布辛瑪之居所

布辛瑪從老舊的木櫃中挑選出一張黑膠唱片——華格納的交響曲，由英國皇家交響樂團演奏。他纖細的指頭溫柔地把唱片從紙封套中抽出，輕輕放在唱機圓盤上。

「歌荻亞……」布辛瑪一邊放下唱針一邊輕呼。「……妳到哪兒去了？過來陪我一下。」

穿著巫女黑裙的歌荻亞在前廳出現。

她的步履失去了往日的媚態，踏步顯得僵硬。棕色眼睛毫無感情，雪白的臉上彷彿鋪著一層薄薄的鉛色。

她行走時雙臂直直垂著沒有擺動，右手提著一件東西。那東西濕漉漉的，沿途在地毯上滴下液珠。

唱針猛烈刮過唱片表面，揚聲器發出一記慘叫般的銳音。

歌荻亞的嘴唇扭曲著微笑，她把手上的東西拋到布辛瑪跟前。

一具腹腔破裂的灰貓屍體。

布辛瑪握緊雙拳，俊美的臉扭成一團。

歌荻亞隔著衣衫捏弄自己的胸脯。「這……就是你的愛人嗎？……她是第幾個？」聲音顯得重鈍生硬。

布辛瑪閉起眼睛。

「是第四個——第四個歌荻亞。」

「每一個的樣子都很相似吧……」「歌荻亞」的手撫摸自己的臉。「的確是美麗的女人。就是爲了這樣的女人，你背叛了『公會』嗎？」

「是爲了愛。」布辛瑪恢復了冷靜。「你不會理解。我比你多活了三百年，經過了這麼長久的孤寂，你才會明白自己缺失了什麼。」

「歌荻亞」冷笑。「你既然這麼愛她們，爲什麼要眼看她們年老死去？爲什麼不索性把她們變成同類？」

「那跟殺死她們沒有分別。只有人類女性才會懂得愛。她們也是這樣相信。」

「『愛』嗎？多麼遙遠的東西……」

「你永遠不會懂，克魯西奧。」布辛瑪雙手的指頭變長，棕髮無風卻自動飄揚，獠牙突出嘴角外。「你自出生開始從沒有被愛過，也從沒有愛過人。」

歌荻亞／克魯西奧拉起裙裾。大腿內側淌著鮮血。「她的子宮舒服極了。不愧是布辛瑪先生深愛的女人。」

「你想要命的話，快點離開她的身體！」

「現在可以發命令的人似乎是我啊！」克魯西奧笑得胸脯亂搖。「這個女人能否活命全操在我手裡。你要動手的話請隨便。要刺穿她的子宮嗎？當你出手時也許我已鑽上她的胃囊裡，或者躲在她兩邊肺葉之間。我每移動一次她的內臟也就爛掉一片。你想試試嗎？」

「不打緊。我可以再找第五個歌荻亞。」

「是嗎？」克魯西奧冷冷凝視布辛瑪。

布辛瑪整個身體像洩了氣般，獠牙收縮不見。

「你看。你所說的『愛』給了你什麼？」克魯西奧嘲諷著。「它不過令你變成軟弱的廢物而已……」

布辛瑪的手迅速抓向唱機。黑膠唱片化成一道灰影旋飛向克魯西奧。

克魯西奧的身體躍高閃過，雙足反蹬天頂石壁飛襲向布辛瑪。

布辛瑪沒有料到，克魯西奧竟閃過這一擊。他一直以爲這個「動脈暗殺者」的專長只是侵佔別人的身軀。

歌荻亞／克魯西奧的指甲抓破布辛瑪的臉。布辛瑪遠遠躍開，血痕迅速癒合。

唱片此時才碰上石壁而碎裂。

歌荻亞的肉體本身不是吸血鬼，無法承受這種激烈而迅速的動作。發出爪擊的手臂斷掉了骨頭，軟軟垂在一旁。

克魯西奧把掛在壁上的一柄古劍取下。「你眞的不愛惜這女人嗎？」

「她寧可死在我手上，也不願意再給你多玷污一秒！」布辛瑪的手指比剛才更長，甲尖閃出鋭芒。

克魯西奧迅速刺出古劍——那是布辛瑪家族的遺物。在千多年前第三次吸血鬼戰爭裡，發明了決定性兵器「默菲斯丹」的吸血鬼考古學者伊坦爾．布辛瑪，就是現在魏恩．布辛瑪的祖先。

布辛瑪雙掌往胸前合攏，把劍刃中段挾住。他毫不疼惜這柄彌足珍貴的古董，合掌扭動把劍刃折斷了。

布辛瑪雙爪一秒間發出二十多次的攻擊，欲把眼前這具他曾經迷戀的女人軀體撕碎。他沒有流淚——吸血鬼是無法哭泣的。

克魯西奧以半截斷劍奮力抵擋。另一條臂膀也毀了，被布辛瑪撕去大半的肌肉，露出血淋淋的白骨。

布辛瑪十指插進對方的胸口中央，血液激噴。

正當布辛瑪準備發力把歌荻亞的身體掰成兩瓣時，克魯西奧放鬆了對歌荻亞的控制，一瞬間歌荻亞的意志甦醒了，她以悲哀的眼神瞧著布辛瑪。

歌荻亞瀕死的蒼白面容彷彿半透明。在布辛瑪眼中，這張臉與過去三個已逝的歌荻亞的臉孔重疊、融合在一起，化爲另一個女人。布辛瑪想起來了。那是自己的母親……

布辛瑪全身失去力量，他憐惜地收回雙掌，緊抱著歌荻亞。

「一切都完了……」

一團血肉自歌荻亞胸前的傷口中彈射而出。

在極近的距離下，布辛瑪看見了「動脈暗殺者」克魯西奧真正的眼睛。

同時　地底　里繪之工作間

「你們都不要動……」里繪舉起一隻手掌向身邊的人警示，任由「傑克」繼續撫摸自己的臉，她記起拜諾恩的命令，也記起拜諾恩聲音中帶著的震驚。

「梅莉……」「傑克」來回撫摸里繪好一輪。她感覺像有一隻蟑螂在自己的臉上爬行，只能緊閉眼睛。

她年輕而畏懼的臉容泛著一種難以形容的貞潔，「傑克」看得呆住了。「不，妳不是梅莉……」他的手掌再次伸向她喉頸。

「慢著！你要找一個叫梅莉的女人嗎？」里繪顫聲說。「我可以替你找她！」

她慢慢地站起身體。「傑克」並沒有作出反應，呆呆地原地站著。

四周的人都沒有動。他們都聽出，平日嬉皮笑臉的里繪此刻異樣地認真和緊張。

眼前雖只是個平凡的瘦弱男人，卻散發著令人感到寒冷的氣息。

「怎麼辦？」其中一名Hacker問「光學鏡」。

「光學鏡」托托眼鏡。「不知道。只好聽『速吻』的說話，暫時不要動。」

他們都把目光投向「家長」。「家長」朝他們微微擺手，示意他們也遵從里繪的吩咐。每個人都看見他臉上的冷汗。

里繪以顫抖的手在書桌上翻尋好一會，終於找到了一張磁碟，上面的標籤只簡單寫著「F-Faces」。

「請你等一等……」她把磁碟插進電腦裡，啓動一個觀賞圖片的小程式，以它開啓磁碟上的檔案。

一幅女性相片顯現在螢幕上。「是她嗎？」里繪問。「傑克」好奇地看著螢幕上那張臉，然後搖頭。

里繪按一下Space Bar，螢幕上切換到另一幅相片。「傑克」再次搖頭。

「F-Faces」是里繪從網上收集的女性面相資料，是她用以拼湊出不同假身份的素材，她記得磁碟上共有一百多張相片，這至少可以拖延一段時間吧。她只祈求拜諾恩快點趕回來……

「傑克」突然撲向螢幕的動作，嚇得里繪幾乎哭了。那是第十三幅相片。「梅莉……」「傑克」悽啞地呼叫。里繪看看那相片上的女人。紅髮，將近四十歲，略胖的臉已開始鬆弛。

——怎也想不到眞的找出了「梅莉」！不，大概只是樣子相似而已……

「梅莉……」「傑克」左掌緊貼螢幕滑下，發出刺耳的刮音。里繪看見了，「傑克」五根指頭上突出了尖銳的白色東西……

「她……在什麼地方？」「傑克」的右手抓住了里繪的手腕。她痛得咬著下唇。「傑克」左手舉在面前。五指長出了達半呎長的「骨刃」。

里繪身後的Hackers禁不住驚呼後退。

「家長」盯著「傑克」的凶狠眼睛。在那眼睛的反射中，他彷彿看見自己六十年前的慘劇飛快地重演：黑暗的地道、自己腐壞的雙腿、鎖鍊、布辛瑪吞下斷舌時喉結在顫動……

可是他沒有再感到恐懼。他看著自己的殘軀。還有什麼可以恐懼的？即使死後到了地獄又如何？我已到過那兒一次。而且曾經跟魔鬼面對面……

他缺去指頭的雙掌，猛力按在輪椅的手把上——輪椅鎖緊在地上。雖然已經蒼老，但多年失卻雙腿的「家長」，並沒有失去當年艾卡素・蘇薩自豪的臂力。

稀疏白髮飄起來。「家長」的身體撲向「傑克」。

里繪趁這機會摔脫「傑克」的手，驚懼地後退，卻被「家長」的輪椅絆倒了。

在她站起來的同時，四周的人發出洪水般的驚叫，全都往外奔逃。

她看見了。

「傑克」和「家長」面對面擁抱著。五根白色的尖骨從「家長」背後緩緩透出，然後是整隻血淋淋的左手掌，掌心握著「家長」已停頓的心臟。

「家長」的屍體倒下後，「傑克」那張陰森的臉再次呈現里繪眼前。那五根「骨刃」似乎生長得更長、更尖銳了。

「傑克」一步一步朝里繪接近。她沾血的臉在顫抖。

一團黑影出現在她腳下前方。是作出了撲鬥姿勢的波波夫。

在「傑克」眼中，黑貓波波夫卻是一頭小豬——他在變成「默菲斯丹」之前曾經屠宰過數百隻的那種可憐動物。

里繪搖搖頭，想把波波夫抱走，卻發覺自己因恐懼而全身僵硬了。

「傑克」半蹲下來，準備進行「屠宰」——

在里繪眼中，「傑克」的身體刹那變成一團稀薄的影，彷彿電腦製造的特殊視效。

那其實是「傑克」高速轉身造成的錯覺。

七柄火焰狀飛刀從他左後方襲來，與「骨刃」交擊反彈飛開。

里繪終於哭了。不是因爲恐懼，而是因爲看見黑皮大衣飄揚。

大衣也化作了薄影。她看得目眩了，只隱隱見到兩團影子交纏，和聽到綿密的硬物撞擊聲。每次發出這聲音時，兩團影子都稍微變得實在一些，接著又回復稀薄。

一柄銀色長劍從兩團影子之間彈飛出來，刺進石壁後劍柄仍在激烈擺盪。里繪認出是拜諾恩的兵器之一。

接著飛出的是那支皮革製的「刀爪」，指部的利刃插著「傑克」的紳士高帽。

兩團影子其中之一突然飛快往後退，另一團則緊追而上，一起往石洞遠處消失。

里繪認得那是通往地面出口的方向。

她的身體現在才能鬆弛下來，重重地跪倒地上。波波夫撲進她懷裡，她感激地撫摸牠。

一切就像短促的噩夢一樣。但並不是夢。「家長」被洞穿的屍體就在她身旁。里繪任由淚水湧出，沖洗她臉上的血污。她完全無法思考。眼裡看見的只有「傑克」可怕的臉。

「里繪，妳還在嗎？里繪！」耳邊出現這急切的呼聲，卻又似乎很遙遠。

大約過了十秒後她才辨別出：那是來自耳機的聲音，拜諾恩的聲音。

超高層死鬥

晚上六時十分　倫敦塔橋北端

因為是冬天的關係，天色已經全黑。稀薄的雪雨又再降下，濕滑的街道反射著燈光。

拜諾恩右手指間挾著三柄飛刀，左手盤捲著鈎鐮刀的鐵鍊，在商業區街道上走過。行人稀少不只因為冷，也因為是平安夜。上班族不是提早下班了，就是仍留在辦公室中舉行第一輪的派對。

拜諾恩再次檢視身體。沒有受傷是幸運。「默菲斯丹」的速度太可怕了，要不是一開始佔了先機，此刻身體也許已肢離破碎。拜諾恩走得很快，不時回頭張望。

「里繪！妳還在嗎？里繪……」他仍然戴著「長尾蟲」頭罩，朝麥克風呼叫著。「長尾蟲」除了光纖傳輸外，也可切換為電波通信模式，方便在地面使用（在地面上里繪可以「借用」電話公司的無線通信線路），但只限於聲音通話而沒有視訊。

還是沒有回音。拜諾恩無法判定，是里繪已經離開了崗位，還是信息無法接通。最少已成功把「傑克」誘離了地底，否則不知會有多少「地底族」遭殃。拜諾恩對「家長」的死歉疚不已，畢竟是他把這個老人捲入血腥之中。

「尼克……」里繪無力的聲音終於在耳機裡響起。

「妳沒有受傷吧？」

里繪在他看不見的另一端搖搖頭。「還好……對不起，剛才我的腦袋完全失控了……」

「不要再說。」拜諾恩心想，令這女孩受到這種程度的心靈衝擊，自己也真差勁。「妳還好吧？振作一點。我還需要妳的幫助。」

這句話令里繪振奮不少。此刻「地底族」已經把「家長」的屍首抬走了。包括「光學鏡」在內的Hackers在協助她重整電腦系統。

「不打緊，要什麼儘管開口。這裡有很多助手。那個……傢伙怎麼樣？」

「暫時擺脫了他。說不定下一刻又會找上我。」拜諾恩通話時仍在四周張望。「我需要找一個地方解決他。一個不會傷及旁人的地方。最好是室內。」

「你在哪兒？」

拜諾恩稍稍形容了身邊的街景，里繪已確定他的所在。「是在聖嘉芙琳道的商業區吧……」她思考了一會兒。「太好了！正好有這地方！你找找看，有一幢還沒啓用的商業大樓，最高的那棟，而且窗戶沒有燈光……」

拜諾恩馬上找出來。距離他只有兩條街。「這地方有什麼特別嗎？」他一邊說，一邊已往那大樓奔去。

「網民大樓」外牆全爲玻璃幕壁及藍色金屬支架，樓高六十六層（九四二·五七英呎），是由歐洲崛起最快之網路供應及服務企業「網民」（Netizen Corp.）獨資興建的最新「智慧型大樓」：全廈的基本設備包括升降機、保安、空氣調節、電力、系統等都由大樓的中央電腦主機控制，辦公室的內部及對外通信網路也合符未來「無紙辦公室」的構想，如預設「視訊會議」用的光纖網路及遠距衛星通信等。

「網民大樓」原定在一九九九年除夕夜正式啓用，但由於房地產景氣低靡及施工延誤，啓用日期推延至二〇〇〇年三月三十一日。

它亦是Hacker「速吻」準備「破解」的下一個對象。雖然「網民大樓」因未正式啓用而還沒開放對外線路，但里繪早已透過其他管道，搜集到有關大樓電腦運作及保安系統的設計資料，並且進行過多次「模擬破解」。

里繪此刻已經把記錄了「模擬破解」的硬碟找出，並與自己的電腦連線。

拜諾恩到達大樓正門。

「尼克，從後面停車場進入比較容易……」

「沒時間了。我感覺他正在接近。」

玻璃幕門破碎，警鈴發出尖銳的鳴音。

四名警衛還沒確定發生了什麼事情，拜諾恩已閃身到他們跟前。來不及施以催眠了。他把其中兩人擊昏，再從昏迷者腰間取出手銬，把另兩人手腕迅速鎖在對方腳腕上。

「接著要怎麼辦？」拜諾恩大聲呼喊。警鈴加上警衛的叫罵太吵了。

里繪瞧著螢幕上的大樓建築藍圖。螢幕上五條「傑克」遺下的刮痕仍令里繪心有餘悸。

在她的指示下，拜諾恩破門進入電腦控制室。

「你要找的是外接用的光纖傳輸線路……」

曾經是保安專家的拜諾恩熟習操作通信設備，這倒難不到他。兩分鐘後他已把通往大樓主機的其中一條光纖纜線，接上了他腰間的微電腦。

「要切斷通話了。」里繪說。「我要繼續連線才可以控制這兒的主機。把『長尾蟲』留在這裡吧。」

「早就想脫掉這玩意兒。」拜諾恩把微電腦解下，輕輕放在桌面。「可是我要怎麼跟妳通話？」

「這座大樓就是我們的通信設施嘛。別忘了從警衛身上取一個話機。」

拜諾恩脫下頭罩，離開了電腦室回到大堂。這時他才有空觀察大廳的環境：內部設計全都奉行簡約與標準化主義，壁面、沙發、櫃台等都只用金屬及塑膠素材，而且貫徹地只有橘、銀、黑三種顏色。中央是「網民企業」的巨大商標雕塑——「零」與「一」兩個數字的奇妙幾何結合，通體以矽製成。

六具高速電梯全停在這層，並沒有亮燈。

爲了警衛的安全，拜諾恩把他們通通抬進一個儲物間裡，並且把門反鎖。

警鈴聲突然消失。拜諾恩知道里繪成功了。

「尼克，還好嗎？」里繪的聲音透過大廳隱閉的揚聲器傳來。「我看得見你。」

一具保安錄影機向拜諾恩快速搖動了兩次——里繪把它切換爲手動，以遊戲搖桿直接操作它。

通過「長尾蟲」的無線電波聯繫，里繪和其他Hackers把「網民大樓」的控制系統全盤接收了。由於在「模擬破解」裡早已預先完成了大部分計算，加上拜諾恩身在現場而取得最直接的傳輸通道，里繪的入侵程式有如刀子切進牛油般輕易。取得控制權之後，他們下令主機開啓對外通信線路，也就不必再依賴不穩定的電波通信。

拜諾恩戴上從警衛身上取得的通信耳機。「現在只等那傢伙出現了。」

「尼克，現在可以告訴我嗎？那可惡的傢伙是什麼東西？難道就是——」

「靜下來！」拜諾恩取下耳機，把「達姆拜爾」的超人聽覺提升至高點。

在碎裂的玻璃門外。細碎的雪雨之中，他聽到了異音。尖刀刮過柏油街道的聲音。

「……來了。」說話的是「光學鏡」。他負責監視正門外的保安錄影機。「我的天……」

螢幕裡「傑克」的身影有如一隻長臂猿——雙手十指上的「骨刃」長得不合比

例，刃尖在地面上拖行，在道路上刮出長長的痕跡。

「怎麼辦？」里繪問。

拜諾恩以行動作回答。他奔到其中一座電梯門前。

里繪向另一名Hacker打個手勢。他馬上會意，把拜諾恩面前的電梯門開啓，同時切斷了其餘五具電梯的動力。

是「傑克」踏著碎玻璃的聲音。

拜諾恩踏進電梯，回過身來，正好與「傑克」遙遙相對。

里繪透過錄影機觀看這緊張的對峙。

「傑克」的西裝和皮革圍裙被拜諾恩割破了多處，他陰沉的眼直視拜諾恩。「我……認得你……布辛瑪先生的……敵人……」

「關門。」拜諾恩發出號令。

在收窄的門隙間，拜諾恩看見殺人鬼正朝他全速衝過來。

電梯門關上——

——十根「骨刃」刺穿金屬門，刃尖近在拜諾恩眼前——

——電梯瞬間爬升，有如一具反方向的斷頭台，把「骨刃」爽利地鍘斷了！

拜諾恩的冷汗從額角流到下巴。他低頭凝視地板上的斷骨。

「要到哪一層？」里繪問。

「頂層。」拜諾恩趁這時間檢視身上剩餘的兵刃：尼泊爾彎刀一柄、鈎鐮刀一雙、火焰形飛刀十八支、銀匕首一雙。他需要一柄長兵刃——「傑克」的「骨刃」可以不斷延長。

可是在一座現代化大樓裡，要從哪兒找這種東西？……

「尼克！」里繪呼叫。「他又來了……」

她在螢幕裡看見，「傑克」已從大廳消失。電梯外門被強行拉開。

拜諾恩伏下，把耳朵貼在電梯地板上。

「這傢伙……」

「傑克」雙爪又再長出新的「骨刃」，並且以驚人的速度沿著電梯通道向上爬行！

高速電梯停住了，到達六十六樓，門外的廊道亮著黃色的緊急照明燈光。

「尼克，你先走，讓我們試著對付他！」

拜諾恩猜到里繪要用什麼方法，馬上奔出電梯。電梯內發出警鈴聲。里繪把升降鋼索上的安全鎖解除了。

電梯帶著呼嘯聲全速下墜，兩秒後在三十九樓撞上「傑克」的身體！

「下地獄去吧！」里繪在螢幕前興奮地呼叫，像打破了電腦遊戲的最高得分記錄般。

「傑克」卻沒有因撞擊而跌下，反而以「骨刃」抓著電梯車廂底部。

電梯繼續下墜──

「傑克」已穿透底部進入電梯內。他猛然向上跳躍──

電梯墜落底坑，轟然化爲一堆廢鐵。里繪和眾Hackers再次歡呼。

然而「傑克」並不在那堆廢鐵當中。他早已突破電梯頂部。因爲慣性的關係，身體仍在快速下墜，但他從兩邊伸出雙爪，輕鬆在八樓的電梯軌道間煞住。

「成功了，尼克！」由於電梯軌道內並沒有保安攝影鏡頭，里繪還未知道眞相。

「我把那怪物給壓扁啦！」

「看來妳要失望了。」拜諾恩在寂靜異常的辦公室走廊裡，已經聽到「傑克」再度沿著電梯軌道爬行的聲音。「繼續引路吧。另外要替我找一些工具。我想到了擊敗那傢伙的方法。」

「開腔手傑克」——曾經震驚人間的殘酷殺人鬼，同時也是吸血鬼世界封存了逾千年的秘密兵器「默菲斯丹」，「吸血鬼公會」前長老及天才學者魏恩．布辛瑪的心血傑作。

他的前半生已是永久的秘密，隨著一八八七年倫敦東端區貧民窟一場火災而葬送。此刻他走在百年後陌生世界的現代化高樓裡。往昔的殘缺記憶永遠在他腦海裡重複閃現。此外他能夠記得的就只有兩張臉孔：一張是他的主人布辛瑪；另一張則是他要殺死的那個身穿黑大衣的長髮男人。

當他終於攀上「網民大樓」廣闊的天台時，那個男人正在綿密細雨中等待他。

尼古拉斯．拜諾恩——在奧地利精神病院出生的孤兒，母親是匈牙利裔修女，甫生下他便發狂而死。經過二十七年毫無意義的人生後，他才發現自己的宿命——他的吸血鬼父親遺傳給他的宿命。

此刻的他背向虛空，站立在樓頂的最邊緣，再退一步即粉身碎骨。黑暗天空中灰雲如浪翻湧，冰冷的風吹得他的長髮與大衣飄揚。他右手斜斜挽著一根從樓頂折下來的金屬旗桿，長達十七呎，末端以鐵絲束著尖銳的銀色匕首。

「我並不恨你。」拜諾恩在疾風中呼喊；儘管他知道對方大概不會聽明白。「你跟我很相似。我們都是邪惡的吸血鬼爲了滿足慾念而創造的悲劇人物。不。你比我還可憐。你根本不知道自己幹過些什麼。」

「可是我必須殺死你。現在。就在這裡。不能再讓無辜的生命斷送在你的瘋狂之下。我必須殺死你——正如到了某一天，當我變得跟你一樣瘋狂時，我也必須殺死自己。」

「傑克」的衣衫幾已完全破碎。此刻不單是雙手十指，連兩邊肘尖也伸出了粗長的「骨刃」。脊樑的每一節長出了尖釘般的白骨，垂直排列在皮膚外。

「傑克」的臉仍像是冰雕般冷，但拜諾恩看得出他的痛苦。「傑克／默菲斯丹」與吸血鬼不同，他擁有人類的痛覺。拜諾恩想像得到，每一根「骨刃」從體內透出皮肉時那椎心的痛楚……

「傑克」開始奔跑過來。身上的「骨刃」在狂亂揮舞。拜諾恩緊盯著對方，心裡估計著雙方交鋒的時機。

「傑克」的戰鬥意識，明顯被剛才的電梯襲擊刺激起來——身體長出更多「骨刃」就是證據。此刻他的速度又提升了。

如何戰勝比自己快速的敵人？拜諾恩想起恩師彼得．薩格。薩格不過是普通人類，卻能夠成功狩獵十一隻吸血鬼——雙方那速度上的差距，比現在拜諾恩與「傑克」之間大得多。

薩格仗以致勝的只有兩個要訣：地利與時機。以陷阱禁制獵物的活動，並在最有利一刻發出最有把握的一擊。這是自從人類開始狩獵維生以來，經歷萬年仍行之有效的訣竅。

——一次。我只有一次攻擊的機會。

「傑克」全身撲向拜諾恩。那並沒有招數可言。恐怖的殺戮兵器「默菲斯丹」是不需要技巧的。

拜諾恩也躍起了——往後方。

九百四十二．五七英呎的虛空。這就是拜諾恩設下的狩獵陷阱。

「傑克」的力量卻還是比拜諾恩估計的強了一點。他乘著跳躍的餘勢，左腕揮起五根「骨刃」直貫向拜諾恩頭臉！

拜諾恩不得不以旗桿尾端反撥抵擋。金屬旗桿失去了三呎長的一截。

然後兩具身軀同時往下急墜。

「傑克」想借著拜諾恩擋擊的力量，把自己反盪回天台上，卻已經太遲了。他撞裂了大樓的玻璃幕壁面，身體又再朝外反彈，繼續下墜的旅程。

拜諾恩的身體卻在到達的九二六英呎高度時突然停止——他腰間緊縛著擦窗工人用的安全帶。猛然勒緊的力量令他皺眉，他感覺有如被攔腰狠狠蹴了一腿。

纖維安全索雖然不像高空彈跳裡使用的那種，畢竟也帶著彈力。他的身體因反作用力而向上拔升了數呎，接著又墜下，如此反覆數次那力量才完全消滅。

「傑克」則一直沿著壁面下墜。他的身體各處長出更多的「骨刃」，原有的也暴然延長。他雙爪猛地抓進了壁面，把玻璃幕擊得粉碎，「骨刃」斬破了金屬支架。他如此重複三次，終於令身體的墜勢慢下來，「骨刃」成功勾住第二十八層的外壁。

拜諾恩雙足貼在壁面上，身體水平朝下，俯視下方遠處的「傑克」。安全索在他身後緊繃如弓紘。

「傑克」開始沿著壁面向上走：他的雙足趾頭長出了鈎狀的骨頭，突刺出皮鞋。他的身體也跟拜諾恩一樣成水平，臉卻朝著上方。他利用足上的「骨鈎」，就像走在平地一樣在高樓壁面上奔跑，再次追擊拜諾恩！

拜諾恩左手從大衣底下拔出尼泊爾彎刀。

「傑克」有如一輛高速行駛的壓路機，每一步都發出金屬和玻璃碎裂的聲音。他的身影反照在水藍色的玻璃壁上：全身都長出尖骨的他仿如一隻大刺蝟，尖骨既是武器，也成了他的冑甲。

兩人相距離已不足二十呎——

——是時候了！

拜諾恩反手以彎刀割斷身後的安全索，雙腿同時在壁面上猛蹬。

他拋棄了彎刀，雙手緊握旗桿造的長矛，身體與矛槍成一線垂直，有如疾射向下的箭矢！

拜諾恩的身體向下俯衝，「傑克」朝上奔跑卻要跟重力對抗。這個差距再加上拜諾恩蹬躍的力量，此刻他的速度終於超越了「傑克」！

拜諾恩緊緊盯視「傑克」尖骨之間的一點空隙——

旗桿尖端的銀匕首閃電沒入骨叢之內。

拜諾恩的手掌感覺到，兵器刺進了軟綿綿的血肉。

「傑克」首次發出嚎叫。

長矛繼續貫進他身體。

「傑克」雙足上的「骨鈎」終於因爲這猛烈的衝擊而脫離壁面。

拜諾恩最後一次推按金屬旗桿，然後放開手掌。

「傑克」的身體在拜諾恩眼中漸漸變小——因爲攻擊產生的反作用力，拜諾恩的下墜速度比「傑克」慢。

拜諾恩掏出鈎鐮刀，迅速往下揮擲出。

鈎鐮刀帶著鐵鍊擊破了一面玻璃壁，刀刃深深斬進第四十一層的辦公室地板裡。

他的身體下墜越過那一層。鐵鍊拉緊。拜諾恩的身體再度止住。

在他足底下發出爆炸般的轟響，迴盪於寂靜的商業區高樓叢林之間。

「傑克」刺蝟般的身體墜落在大樓二樓的平台花園上，數以百計尖長的骨頭飛散如白色的燦爛煙花，肉體化爲漿液和碎屑，花園草坪陷落了腥紅色的一大片。

拜諾恩握著鐵鍊，身體仍在左右擺盪。他垂頭俯看，殺人鬼在草坪上遺下放射狀的血色圖騰，四周散著無數燐白光點，在拜諾恩眼中看來有一種悽厲的美感。

最後之暗殺者

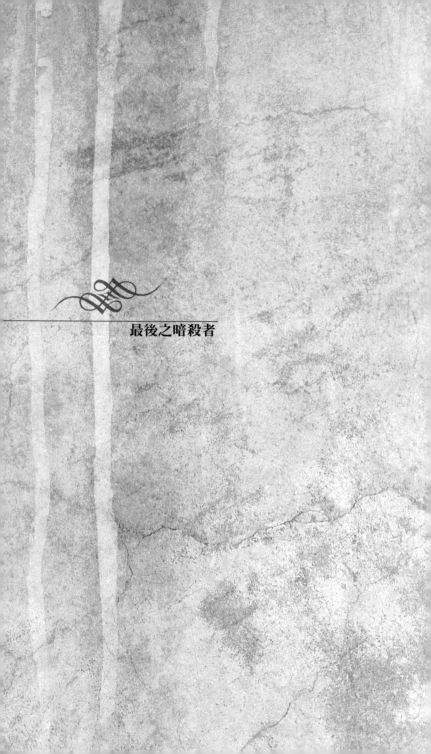

晚上九時九分　地底　布辛瑪之居所

布辛瑪被斬斷的手腿並沒有重生出來，因爲他的心臟已給貫穿。那半截家傳的古劍把他的殘軀狠狠釘在石壁上。

他的容貌蒼老了許多，原本光滑如熟雞蛋的臉頰凹陷了進去，表面如風乾的醃魚，連頭髮也像枯死了般失去光澤。他半閉著原本靈動的眼睛，失神地凝視虛空。

拜諾恩沒有理會他，把注意力放在客廳石壁的油畫上。畫裡的異獸似曾相識——特別是那三隻眼睛的神情——可是卻忘記了在哪兒見過。

他接著走到地上歌荻亞的屍體前。可憐的女人。大概從她信任吸血鬼那天開始已註定了這宿命吧？拜諾恩抽起餐桌上的桌布，掩蓋在她胸膛破開的屍身上。

地上還有一條灰色的貓屍——他記得就是之前從他身邊跑過的那一隻。連貓兒也不放過嗎？這個叫「克魯西奧」的傢伙比一般吸血鬼還要凶殘……

「這些都是『動脈暗殺者』幹的吧？」拜諾恩終於走到布辛瑪跟前。他沒有戒備——布辛瑪已明顯失去攻擊能力，而石室裡只有他的身體散發出吸血鬼的氣息。「他名叫『克魯西奧』吧？他在哪兒？我可以替你報仇。」

布辛瑪毫無反應。拜諾恩握著他的頭髮。一綹棕髮連著腐死的頭殼皮膚脫落了。

「你不用再期望什麼了。」拜諾恩用布辛瑪的衣衫抹淨手指。「你的王牌已經失去了。你怎麼稱呼他？『傑克』還是『默菲斯丹』？我已經親手了結他。」

「你……」布辛瑪發出微弱而生硬的聲音，粗啞如老人。「……你是……什麼……人……」

「我是『達姆拜爾』。以你的知識，應該知道這個名稱吧？」

布辛瑪竟然微笑起來。

「我要知道一件事：有沒有方法能夠把我身體的吸血鬼因子清除，令我恢復爲人類？『默菲斯丹』的血既然能夠瓦解吸血鬼，你一定也能夠幫助我吧？」

布辛瑪仍在微笑。他的嘴唇在嗡動，卻沒有發出聲音。

「什麼？說清楚一點！」一想到兩年來的希望就近在眼前，拜諾恩不禁緊張起來，把臉湊近布辛瑪。

「多……謝……」布辛瑪的聲音細得幾乎聽不見。

「什麼？……」

「我是說……」布辛瑪的聲音突然洪亮起來。「……多謝你替我解決了『默菲斯丹』！」

一團腥紅色的異物自布辛瑪口腔脫出，近距飛向拜諾恩的臉！

他來不及閉口。

那是一種極辛辣的味道。拜諾恩感到那異物正沿著他的食道迅速爬行而下。

他馬上嘔吐，但未能把那異物排出，胃囊彷彿被一隻隱形的手掌緊捏著。

「多謝你省了我不少痲煩，還送給我一件額外的大功……」聲音來自拜諾恩自己的腹部——那不再是布辛瑪的聲音，而比孩子還要尖嫩。「誅殺吸血鬼的天敵『達姆拜爾』啊！」

陌生的聲音在自己肚子裡說話。沒有人能承受這種恐怖。

拜諾恩清晰感覺到，自己的胃壁被細小的觸鬚洞穿了，正在延伸向脊髓神經。

——就這樣……結束了嗎？……

——慧娜……好想念妳……

——終於也到了……這一天——

拜諾恩深吸一口氣，死守著最後一點意志。他從大衣襟內掏出一個透明塑膠袋。裡面收藏的是一截「傑克」的「骨刃」。上面仍沾著「默菲斯丹」的血液。

——再見。

「骨刃」穿破塑膠袋，貫進拜諾恩的腹部。

□

他感到四周濕潤無比，足下踏著的是軟軟的血肉。完全的黑暗。

他摸索著向前走。滑倒了。他墮進黑暗的更深處。

遠處出現一點光線。他吃力地爬起身體，才發現自己完全赤裸。他冷極了。他跑向光源。

黑暗像一幅布幕般瞬間褪去。正午的陽光照射在皮膚上。可是他仍然覺得冷。

這風景在哪兒見過？……他記起來了。又是那片寧靜的草坡，那熟識的花香，沒有蟲鳴聲，石砌的矮牆粗糙依舊。

他疲倦了，大字仰躺在草坡上，太陽還是沒有移動。不知過了多久，幾天，幾個月，幾年，幾十年……他哭了。還要這樣待下去多久？……

「不要哭。」慧娜說。

她伏在他的身上。她跟他一樣完全赤裸。恥毛互相磨擦。

他想撫摸她的臉。可是手掌再次不聽使喚。他又再扼著她的咽喉。

她這次卻笑了。「不要害怕……」她說。「你永遠不會傷害我的，對嗎？」

身體下的草坡突然聳動起來，長草變成了烏黑色，有跳蚤在其中跳躍。

整片草坡彎曲拱突起來，而且迅速縮小，變成了那頭異獸的背項。那頭三眼、三角、六蹄的奇異猛獸。

他與慧娜改變了姿勢，跨騎在異獸的背上。牠飛快奔跑，帶著他們經過紐約市繁華的第五大道。牠鼻孔噴出能把計程車輪胎熔化的灼熱氣息，蟒蛇般的長尾把交通燈柱掃折，蹄足踏碎了柏油路。

他們又越過荒涼的墨西哥沙漠，牠的鬃毛沾滿砂粒，牠偶爾停下來嚼食帶刺的仙人掌。

牠最後停駐在倫敦特拉法加度場的中央。鴿群給驚飛了，把天空完全掩蔽。

遠方的大笨鐘敲響了十三次。

他牽著慧娜的手躍下異獸的背項。

「我們又見面了。」異獸張開長著獠牙的嘴巴，吐著分叉的舌頭說。「我曾說過，我們會再見面。」

「你是誰？」他問。

「你知道我是誰。」異獸轉身緩緩步往泰晤士河的方向。「我再說一次：我們會再見面。」

□

拜諾恩從極端痛楚中醒來。

「骨刃」已經拔離了腹部。他躺在地上，肚子如火燒般灼熱。

胃囊與食道猛然翻湧，他接連嘔吐出辛辣的濁水，最後是一團拳頭大的柔軟東西。

那東西在他臉側的地毯上蠕動爬行，發出尖細的哀叫。

拜諾恩在極近距離下看清了「動脈暗殺者」克魯西奧身體的每一吋。小得可憐的畸嬰，頭顱比軀幹還要大，額上有兩根蟑螂般的尖細觸鬚。紫色的皮膚底下隱現蛛網般的靜脈，沒有眼白的奇異雙瞳暴突，短小的四肢在吃力地爬行。

克魯西奧的身體漸漸變得透明，頭顱像洩氣的皮球般慢慢凹陷，再沒有任何動作。「動脈暗殺者」轉瞬化爲一灘濃水，被地毯吸收掉。

拜諾恩全身發熱，感覺軀體像腫脹了數倍。這是中毒的徵象——對於擁有吸血鬼因子的他，「默菲斯丹」的血液就是毒藥。

——可是爲什麼？爲什麼我沒有像克魯西奧般化爲液體？……爲什麼？……

N・拜諾恩之日記【Ⅲ】

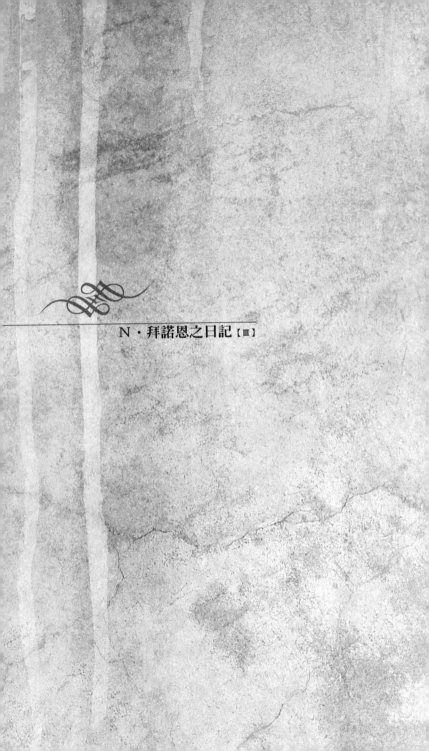

十二月二十九日

……里繪說，「家長」的葬禮是「地底族」有史以來是最隆重的。地底裡沒有墓場。「家長」的遺體火化了，骨灰撒進一條地下水流。他們說，這水流與泰晤士河連接。

同時火葬的還有歌荻亞和被鎖在石廊道那幾個男人。當然還有布辛瑪。

□

……布辛瑪遺下的札記裡，並沒有記載任何製造「默菲斯丹」的方法。也許全都記在他自己的腦袋裡吧。不過我從中隱約找到了「開膛手傑克」相隔百年才重現的原因。根據他兩個多月前的記述，他想到了一個可能「改造『默菲斯丹』的靈魂」的方法，因此再次把封存多年的「傑克」喚醒。實驗的結果再度失敗，「傑克」又一次失控出走。這亦是最後一次。

我把這些札記都帶走了。當然還有那本《永恆之書》。

這到底是什麼書呢？外表看來竟然有點像《聖經》。是吸血鬼的《聖經》嗎？

「吸血鬼公會」。一個吸血鬼的嚴密組織，理應能夠輕鬆地稱霸世界，然而他們沒有這樣做，而且許多年來一直保持神秘。那麼它的成立有什麼目的？……

□

……到現在我還是搞不清楚，「默菲斯丹」的血液爲什麼沒有殺死我。或許是因爲我的身體有一半是人類吧？

這次經歷喚醒了我。一直以來我都太在意自己的吸血鬼因子，而對自己另一半的人類因子失卻了信心。「我」到底是什麼？也許我要重新再思考一次……

□

……布辛瑪的札記裡，當然也沒有記載能夠「治療」我的方法。可是我卻在其中找到了另一個答案。

假如身爲吸血鬼的布辛瑪能夠眞誠地愛著人類女性，身爲半吸血鬼的我又如何？如果我的身體能夠克服「默菲斯丹」之血，我的靈魂或許也可以自我救贖吧？

就像里繪所描述的數碼世界：What you think is what you get。

慧娜。

我要回來了。

Evil Still Lives Among Us

十二月三十日早上九時十二分　希斯羅機場

在里繪的堅持下，拜諾恩提早一天離開倫敦。

「你不怕千禧蟲危機嗎？」她當時這樣說。「要是客機在半途失控了，或是找不到機場降落，那可不是說笑的。任你有多厲害，在三萬呎高空也沒有辦法吧？」

她沒有來送行。「我討厭這種場面。」她的臨別禮物是一具掌上電腦。「裡面有我所有的聯絡方法。只要接通電話線便行。小心，別讓特工處或ＦＢＩ拿到它。否則我會有麻煩。」

假護照上的相片跟他毫無相似之處，這並不重要，反正只要向海關人員施一點催眠工夫便能輕鬆通過。帶著裝滿刀子的皮囊經過保安檢查時也是用這一套。

波波夫已經寄存在特別艙，他看看腕錶，差不多是登機的時候了。

機場裡並不擁擠。由於除夕夜正好是週五，旅客高峰期自然延至周日下午才開始。

二○○○年，拜諾恩對這日子始終沒有什麼感覺。里繪卻興奮不已，還說那也許是「新世界秩序」的開始，又向他描述種種可能出現的糟糕景況：大停電及糧食斷運引起都市巨大的恐慌與暴亂，銀行的戶口記錄全部被抹消或出現錯誤……

在顯示航班時間的電腦螢幕前，人群出現了騷動。拜諾恩好奇地走過去察看。許多人指著顯示螢幕上其中一列文字。

那正好是拜諾恩乘坐那航班之下的一列。航班號碼及時間都消失了，代之以一句話：

FAREWELL MY FRIEND NICK（再見好友尼克）

拜諾恩失笑了。又是「速吻」的傑作。

接著的四列航班時間也變換成文字。這次人群沉默了下來——包括拜諾恩。

JACK THE RIPPER（開膛手傑克）

HAS DEPARTED（已經離去）

BUT THE EVIL（但是邪惡）

STILL LIVES AMONG US（仍然活在我們之間）

幾十雙眼睛就這樣久久無言凝視這些文字，直至螢幕被機場人員以手動關閉掉。

人群議論紛紛地散去。

拜諾恩依舊佇立原地，凝視那面已熄滅的顯示螢幕。

黑暗的玻璃上有他自己的倒影。

《殺人鬼繪卷》完

後記

獵人同時也是旅人。

喜歡把小說背景設定於不同的國度與城市，其中許多是我從未親身踏足的。這多少有點是爲了補償自己旅行的慾望。

倫敦是唯一我在動筆前曾實地「考察」的城市，前後加起來逗留了接近兩星期，然而「考察」得來的成果，最終能夠用在這本書中的並不如想像般多。或許我去的不是時候。我看到的是盛夏中充滿生氣的倫敦，而不是一本恐怖小說所需要的那個潮濕、陰鬱的倫敦。

已經是三年前的經驗，可是每當陽光普照的下午，或是聽到Oasis的《Don't Look Back In Anger》時，總是想Covert Garden的跳蚤市場和街頭賣藝。

終於三十歲了。與數年前的自己比較，最大的改變莫過於比從前「柔」了。這對於寫小說——特別是我這種風格的小說——也許是壞事，但對於生活卻是好事。

到了某一天當這種矛盾到達了界限時，我會開始寫一些比較快樂的故事。

Hacker，一般中文書刊譯作「黑客」或「駭客」，都帶著貶斥的意味，因此在本書中我寧可沿用英文原字。Hacker這名稱本身是中性的，卻在傳媒積非成是之下變成與電腦犯罪者同義。假如擁有某種知識或能力本身便構成犯罪嫌疑的話，世界上所有男人都應該把那話兒鎖起來。

從電視機到原子彈到試管嬰兒，每當一種突破性的科學產物誕生時，原有的道德價值便受到重大的衝擊，同時也是我們從最根本處重新檢視和質疑當今社會的珍貴契機。當人們紛起責難電腦網路上隨意流通著炸彈製造方法時，也許我們眞正要問的是爲何有人想製造炸彈。

感謝Nine Inch Nails和White Zombie。沒有他們的音樂，這本書恐怕到現在還沒有完成一半。

喬靖夫

一九九九年六月廿二日

《華麗妖殺團》

尼古拉斯·拜諾恩
惡魔與人類的私生子「達姆拜爾」
被稱為吸血鬼獵人的男人

這次不再是狩獵，而是戰爭——
爭奪的是地球食物鏈最高級的位置……

舊愛人慧娜橫遭擄劫，
原本傷心隱居於印第安部落的拜諾恩被逼重拾狩獵工具，
與宿敵「鈎十字」再次交鋒！

南方沼澤區的偏僻小鎮摩蛾維爾，
一夜之間化爲殺戮死城。
吸血鬼異族「血怒風」的使者、
麻藥中毒的各種幫派惡徒、
以獵魔爲樂的韓裔時裝設計師、
還有來自東方密教團的啞巴少女，
從四面八方聚集而來，
一場光明與黑暗的戰爭正在醞釀……

2007.03上市

國家圖書館出版品預行編目資料

吸血鬼獵人日誌. III, 殺人鬼繪卷 = Journal of the vampire hunter / 喬靖夫 著. ——二版.
——台北市：蓋亞文化，2006【民95】
面； 公分. ——（悅讀館）
ISBN 978-986-7450-92-0（平裝）

857.83 95024702

悅讀館 RE063

殺人鬼繪卷【吸血鬼獵人日誌 III】

作者／喬靖夫
繪圖／門小雷
封面設計／克里斯
出版社／蓋亞文化有限公司
地址◎台北市103赤峰街41巷7號1樓
電話◎（02）25585438 傳眞◎（02）25585439
部落格◎gaeabooks.pixnet.net/blog
網址◎www.gaeabooks.com.tw
服務信箱◎gaea@gaeabooks.com.tw
投稿信箱◎editor@gaeabooks.com.tw
郵撥帳號◎19769541 戶名：蓋亞文化有限公司
法律顧問／義正國際法律事務所
總經銷／聯合發行股份有限公司
地址◎新北市新店區寶橋路二三五巷六弄六號二樓
電話◎（02）29178022 傳眞◎（02）29156275
二版三刷／2015年9月
定價／新台幣 199 元
Printed in Taiwan

GAEA ISBN／978-986-7450-92-0
著作權所有・翻印必究
■本書如有裝訂錯誤或破損缺頁請寄回更換■

Gaea

GAEA